RECHERCHES
SUR
L'HISTOIRE DE LA SAṂHITĀ
DU ṚIG-VEDA,

PAR
ABEL BERGAIGNE,
MEMBRE DE L'INSTITUT,
PROFESSEUR À LA FACULTÉ DES LETTRES DE PARIS.

I. — LA SAṂHITĀ PRIMITIVE.

EXTRAIT DU JOURNAL ASIATIQUE.

PARIS.
IMPRIMERIE NATIONALE.

M DCCC LXXXVI.

RECHERCHES
SUR
L'HISTOIRE DE LA SAṂHITĀ
DU ṚIG-VEDA.

I. — LA SAMHITĀ PRIMITIVE.

PARIS.

ERNEST LEROUX, ÉDITEUR,

LIBRAIRE DE LA SOCIÉTÉ ASIATIQUE.

RUE BONAPARTE, 28.

RECHERCHES

SUR

L'HISTOIRE DE LA SAṂHITĀ

DU ṚIG-VEDA,

PAR

ABEL BERGAIGNE,
MEMBRE DE L'INSTITUT,
PROFESSEUR À LA FACULTÉ DES LETTRES DE PARIS.

I. — LA SAṂHITĀ PRIMITIVE.

EXTRAIT DU JOURNAL ASIATIQUE.

PARIS.
IMPRIMERIE NATIONALE.

M DCCC LXXXVI.

RECHERCHES

SUR

L'HISTOIRE DE LA SAṂHITĀ

DU ṚIG-VEDA.

I. — LA SAṂHITĀ PRIMITIVE.

Le texte du Ṛig-Veda nous a été conservé sans altération depuis une époque difficile à fixer, mais en tout cas assez ancienne. Il s'en faut de beaucoup pourtant qu'il nous donne toujours les hymnes primitifs, et même qu'il représente exactement la première collection ou saṃhitā qui en ait été faite. L'application de principes de critique purement intrinsèques à ce monument d'une langue et d'une religion encore imparfaitement connues est, il est vrai, pleine de dangers. « Qu'est-ce qu'on peut bien entendre dans la plupart des hymnes védiques, dit justement M. Oldenberg[1], par la suite des idées ? » Mais à défaut de divergences sérieuses entre les manuscrits, la reproduction, totale ou fragmentaire, de certains hymnes dans les saṃhitās des

[1] *Zeitschrift der deutschen morgenländischen Gesellschaft*, XXXVIII, p. 452.

autres Vedas, ou les citations qui en sont faites dans les brāhmaṇas et les sūtras[1] du Ṛig-Veda, nous offrent les éléments d'une critique extrinsèque, et par conséquent beaucoup plus sûre. Un autre criterium, non moins sûr et non moins important, est l'ordre même des hymnes.

D'autres saṃhitās, celles des deux Yajus, blanc et noir, sont classées à un point de vue liturgique et présentent les hymnes ou les formules dans l'ordre où les uns et les autres doivent être employés dans les cérémonies. Le XXe kāṇḍa de l'Atharva-Veda, composé presque exclusivement d'hymnes et de fragments du Ṛig-Veda, est à peu près dans le même cas. Il en est tout autrement de la plus grande partie de l'Atharva-Veda, du Pūrvārcika du Sāman, bien que ce Veda forme une collection purement liturgique, empruntée aussi presque en entier au Ṛig-Veda, et enfin du Ṛig-Veda lui-même. Le Ṛig-Veda présente une première division tout historique, en maṇḍalas, d'après les auteurs ou familles d'auteurs à qui les hymnes sont attribués (le neuvième seul[2] fait exception). Puis à l'intérieur de chaque maṇḍala, comme dans l'ensemble de l'Atharva-Veda et dans le Pūrvārcika du Sāma-Veda, le classement est réglé d'une façon tout artificielle, par des principes qu'on peut appeler *numériques*.

[1] Voir les observations de M. Hillebrandt dans les *Beiträge* de Bezzenberger, VIII, p. 195 et suivantes.

[2] Le premier et le dixième comprennent des hymnes attribués à des auteurs différents et de familles différentes; mais ces hymnes y sont groupés par collections attribuées à un même auteur.

La classification du Sāma-Veda ne nous intéressera qu'à propos du maṇḍala IX; mais nous allons avoir dès maintenant l'occasion de nous appuyer sur celle de l'Atharva-Veda. Rappelons donc que, dans l'Atharva-Veda, les sept premiers kāṇḍas forment une collection à part, où on distingue deux parties principales. Ils contiennent chacun, en principe, des hymnes renfermant un même nombre de vers, et sont rangés, d'après ce nombre, dans une gradation, ascendante pour les cinq premiers, descendante pour les deux autres. Les quatre premiers contiennent des hymnes respectivement composés de 4, 5, 6 et 7 vers, et le cinquième, des hymnes plus longs formant, à ce qu'il semble, trois séries principales et successives de 9, 11 et 12 vers. Le sixième renferme des hymnes de 3 vers, le septième enfin des hymnes de 2 et de 1 vers.

M. Weber, dans la courte introduction qui précède sa traduction du IIIe kāṇḍa[1], après avoir rappelé qu'il ne devrait régulièrement comprendre que des hymnes de 6 vers, ajoute qu'il n'est guère possible de ramener à la règle, par des suppressions de vers, les nombreux hymnes qui la violent, dans ce kāṇḍa comme dans les précédents et les suivants. Il est pourtant remarquable que les exceptions présentent toujours un excès de vers, jamais le contraire. D'autre part, les différences métriques à l'intérieur d'un même hymne, si elles ne suffisent pas, à elles seules,

[1] *Indische Studien*, XVII, p. 178.

pour prouver une interpolation ou une addition, surtout une interpolation ou une addition postérieure au classement, prennent plus d'importance quand une autre cause de soupçon vient s'y ajouter. Enfin, et c'est la justification de notre digression, nous remarquons, pour des hymnes communs au Ṛig-Veda et à l'Atharva-Veda, des concordances si frappantes entre les indications fournies de part et d'autre par les principes de classement, qu'elles ne sauraient être l'effet du hasard. Dans la longue série, rangée d'après le nombre décroissant des vers, qui termine le maṇḍala X du Ṛig-Veda, 85-191, cinq des hymnes qui rompent, sous leur forme actuelle, la succession régulière, 109, 163, 174, 187, 191, s'y conformeraient au contraire, s'ils avaient respectivement 11[1], 5, 4, 3 et 3 vers. Or ils se retrouvent, rompant également les séries[2], quelquefois identiques, quelquefois amplifiés encore, les trois premiers dans les kāṇḍas V (série de 11 vers), II, I, les deux derniers dans le kāṇḍa VI de l'Atharva-Veda. C'est un exemple frappant de l'importance critique des principes de classement.

Cette importance est d'ailleurs universellement reconnue pour le Ṛig-Veda. Dès la première inspection du recueil, on n'a pu manquer de voir qu'à l'in-

[1] L'hymne 109 n'a que 7 vers dans le Ṛig-Veda; par exception, il a perdu des vers au lieu d'en gagner.

[2] Le dernier n'a bien que 3 vers (dans le kāṇḍa VI, ce qui est régulier); mais l'hymne qui le précède a comme queue le vers ajouté en tête dans le Ṛig-Veda. Les deux Saṃhitās ont dans ce cas, comme dans plusieurs autres, exercé l'une sur l'autre une influence.

térieur de chacun des maṇḍalas II-VII, attribués à autant de familles sacerdotales différentes, les hymnes adressés à une même divinité étaient réunis et rangés d'après le nombre de leurs vers en gradation descendante. Grassmann a particulièrement fait ressortir ce fait par la disposition extérieure de sa traduction, et montré qu'il s'étendait à la plupart des collections plus courtes, attribuées chacune à un seul auteur, dont se compose le maṇḍala I, ainsi qu'à une série toute différente, qui termine le maṇḍala X, dont nous avons parlé déjà tout à l'heure, et sur laquelle nous reviendrons, 85-191[1]. Dans le maṇḍala IX, consacré tout entier à Soma Pavamāna, il ne pouvait être question de séries distinguées par les divinités invoquées; on y voit réunis les hymnes composés dans un même mètre, et à l'intérieur de ces séries, le principe de classement est de nouveau le nombre décroissant des vers.

Ce principe, d'une application très générale comme on voit, s'il est manifeste, n'en souffre pas moins des exceptions apparentes. Dans les maṇḍalas II-VII, et dans le maṇḍala IX, il n'en souffre guère qu'à la fin des séries où elles s'expliquent de deux manières. Tout à la fin se rencontrent des additions véritables. Mais avant ces interpolations nous trouvons souvent des hymnes parfaitement authentiques dont la longueur ne doit pas nous tromper. Ces hymnes doivent être divisés, tantôt

[1] Sur la série 61-84, voir plus bas, p. 41.

pour des considérations métriques, tantôt pour d'autres causes très bien analysées par M. Oldenberg[1], tantôt enfin, le principe une fois établi, en raison de leur place même, en strophes de 3 et de 2 vers, plus rarement en fragments d'étendue variable, dont il suffit de faire autant d'hymnes distincts[2] pour que tout rentre dans l'ordre, dans le maṇḍala IX et dans plusieurs collections du maṇḍala I, comme dans les maṇḍalas II-VII. Cette observation, faite d'abord par M. Delbrück[3], à été mise à profit par Grassmann. La justesse en est démontrée d'une manière particulièrement frappante par le classement régulier des sūktas[4] en pragāthas ou strophes de 2 vers après les sūktas en gāyatrīs divisibles en tricas ou stances de trois vers. En même temps, cette extension nouvelle, et souvent considérable, du domaine où règne le principe, ne laisse plus de doute sur ce qui reste en dehors. Toute exception véritable trahit une interpolation, totale ou partielle, ou une altération quelconque. Il faut seulement ajouter, comme l'a fait déjà M. Oldenberg[5], que les diascévastes du Ṛig-Veda ne paraissent

[1] *Ṛigveda-Saṃhitā und Sāmavedārcika* dans la *Zeitschrift der deutschen morgenländischen Gesellschaft*, XXXVIII, p. 449 et suiv.

[2] Les strophes ou autres fragments sont quelquefois expressément traités ainsi dans l'*Aitareya-Brāhmaṇa*. Voir Oldenberg, article cité, p. 474 et 475.

[3] *Jenaer Literaturzeitung*, 1875, p. 867.

[4] J'emploierai ce mot toutes les fois qu'il y aura lieu de distinguer l'hymne artificiel donné par la Saṃhitā des hymnes primitifs dont il est la réunion.

[5] Article cité, p. 460 et note 1.

pas avoir distingué entre les strophes réellement connexes de certains hymnes tels que IV, 30, par exemple, et les strophes composant primitivement autant d'hymnes distincts. Les premières ont été, au point de vue du classement, assimilées à des hymnes tout comme les secondes.

Or le principe *numérique* ne règle pas seulement la place des hymnes adressés à un même dieu, à un même couple ou groupe de dieux, ou composant une autre série quelconque. Il règle, comme j'espère le prouver : 1° à l'intérieur de chaque série la place des hymnes d'un même nombre de vers, *par la longueur décroissante du mètre dominant;* 2° l'ordre des séries d'un même maṇḍala ou d'une même collection, comme celles du maṇḍala I, et même du maṇḍala VIII, l'ordre des grandes séries dont nous aurons à déterminer la nature dans le maṇḍala X, enfin l'ordre des séries composées d'hymnes de même mètre dans le maṇḍala IX, *par le nombre décroissant des hymnes de chaque série*[1]; 3° l'ordre même des maṇḍalas II-VII, *par le nombre (primitif) des hymnes*, mais ici *en gradation ascendante.*

Les trois principes qui viennent d'être indiqués n'ont pas encore été formulés que je sache. J'espère

[1] Des principes de classification analogues sont appliqués dans les littératures hébraïque et arabe. M. Joseph Derenbourg me signale un article qu'il a publié dans la *Revue des études juives*, III, p. 205 et suiv., et où il montre, après M. Geiger, que, dans chaque section de la Mischnâh, les différents traités sont rangés d'après le nombre de leurs chapitres, en gradation descendante. Des observations analogues ont été faites sur le Coran.

les justifier d'une façon qui ne laissera place à aucun doute, car je n'emploierai pour cela que des arguments analogues à ceux qui ont servi pour suivre, dans ses dernières applications, le principe reconnu du nombre décroissant des vers. La plupart du temps même, je m'en tiendrai aux analyses et aux suppressions déjà proposées, ou ne m'en écarterai que dans l'espoir d'être plus exact, et sans nécessité pour la thèse que je veux démontrer.

Si cette démonstration est faite, elle fournira un criterium souvent infaillible pour la restitution de la Saṃhitā primitive, la combinaison des différents principes de classement avec les données intrinsèques ne laissant presque aucune place à l'arbitraire. Il va sans dire que je ne m'imagine pas pousser dès aujourd'hui cette critique jusqu'à son point de perfection. Je ne prétends apporter dans mes analyses que le degré d'exactitude et de précision nécessaire pour que les principes apparaissent nettement [1].

I.

L'ORDRE DES HYMNES COMPRENANT LE MÊME NOMBRE DE VERS.

Dans chaque série d'hymnes classés d'après le nombre de vers, il peut y en avoir naturellement deux ou plusieurs où ce nombre soit le même. Le

[1] Ajoutons, pour qu'on ne se méprenne pas sur la portée de nos observations, que l'ancienneté des hymnes est dans une certaine mesure indépendante de l'ancienneté de leur présence *dans la collection*.

classement des hymnes renfermant le même nombre de vers n'est pas arbitraire, s'ils diffèrent métriquement. Il dépend alors de la longueur du mètre. Le vers de 4 pādas l'emporte sur celui de 3 pādas, et celui-ci sur celui de 2. Quand les vers ont le même nombre de pādas, le pāda de 12 syllabes l'emporte sur celui de 11, et celui-ci sur celui de 8. Enfin un vers de 3 pādas, dont deux ont 8 syllabes et l'autre 12, comme l'ushṇih, l'emporte sur un vers de 3 pādas de 8 syllabes, comme la gāyatrī. Je ne conserve de doutes que pour les cas, d'ailleurs très rares, où la question de préséance se pose entre un vers composé de 4 pādas, partie de 12, partie de 8 syllabes, comme la bṛihatī et ses analogues, et un vers à 4 pādas de 11 syllabes, comme la trishṭubh, et pour ceux où les vers à 5 ou 6 pādas de 8 syllabes, paṅkti, etc., se trouvent en conflit avec les vers à 4 pādas de 12 ou de 11 syllabes. Ou plutôt il me semble que le principe a été alors interprété de façons différentes, dans les sept premiers maṇḍalas, d'une part, et dans le dixième de l'autre. Dans ce dernier, comme on le verra, la bṛihatī et la paṅkti cèdent évidemment le pas à la trishṭubh : 126, 132-134, 140, 150. Dans les sept premiers maṇḍalas, nous n'avons qu'un exemple pour la bṛihatī, III, 44 et 45, et un pour la paṅkti, I, 82. La paṅkti passe même avant la jagatī, comme la bṛihatī avant la trishṭubh. Pour celle-ci surtout, il est bien difficile de croire à une altération de l'état primitif : 2 hymnes de 5 bṛihatī devant 5 hymnes de 5 tristhubhs chacun. J'admets provisoirement, sur ces deux points, deux systèmes différents, dont l'un est réservé au maṇḍala X.

Entre les hymnes dont tous les vers ne sont pas pareils, c'est le mètre dominant qui décide, et il n'est pas tenu compte dans le classement des menues différences. C'est ce qui ressort particulièrement des successions qui présentent entre deux hymnes uniformes un hymne renfernant un vers d'un mètre différent, par exemple V, 1-3 (un hymne de 12 trishṭubhs, un second de 11 trishṭubhs et 1 çakvarī, un troisième de 12 trishṭubhs), cf. VI, 30-32, 55-57, etc.

Nous allons maintenant vérifier la règle posée, d'abord sur les maṇḍalas II-VII, ensuite sur le maṇḍala I, et en dernier lieu sur le maṇḍala X, en renvoyant, pour le maṇḍala VIII, à la seconde partie de ce travail[1].

A. *Maṇḍalas II-VII.*

Notre principe est appliqué dans les successions dont voici la liste :

Maṇḍala II. 5-6 (1[2] anushṭubh, 1 gāyatrī). 16-20 (2 jagatī, 3 trishṭubh).

Maṇḍala III. 3-8 (1 jagatī, 5 trishṭubh). 9-12 (1 bṛihatī, 1 ushṇih, 2 gāyatrī). 17-24 (7 trishṭubh, 1 gāyatrī). 26-27 (après analyse, 2 jagatī, 1 trishṭubh, 5 gāyatrī). 34-37

[1] Il ne peut être question du maṇḍala IX, où la considération du mètre est le *premier* principe de classement.

[2] C'est-à-dire 1 hymne en anushṭubh. Cette abréviation sera employée couramment.

(3 trishṭubh, 1 gāyatrī). 39-42 (1 trishṭubh, 3 gāyatrī). 51 (après analyse, 1 jagatī, 2 trishṭubh, 1 gāyatrī). 60-61 [1] (1 jagatī, 1 trishṭubh). 62 (après analyse, 1 trishṭubh, 5 gāyatrī).

Maṇḍala IV. 37 (après analyse, 1 trishṭubh, 1 anushṭubh).

Maṇḍala V. 4-5 (1 trishṭubh, 1 gāyatrī). 6-7 (1 paṅkti, 1 anushṭubh). 8-10 (1 jagatī, 2 anushṭubh). 11-14 (1 jagatī, 1 trishṭubh, 2 gāyatrī). 15-19 (1 trishṭubh, 3 anushṭubh, 1 gāyatrī et anushṭubh). 20-24 (4 anushṭubh, 1 dvipadā). 25-26 (après analyse, 3 anushṭubh, 3 gāyatrī). 37-39 (1 trishṭubh, 2 anushṭubh). 48-50 (1 jagatī, 1 trishṭubh, 1 anushṭubh). 57-58 (1 jagatī, 1 trishṭubh). 63-64 (1 jagatī, 1 anushṭubh). 67-68 (1 anushṭubh, 1 gāyatrī). 69-70 (1 trishṭubh, 1 gāyatrī).

Maṇḍala VI. 11-14 (3 trishṭubh, 1 anushṭubh). 15-16 (après analyse, 3 jagatī, 2 trishṭubh[2], 15 gāyatrī). 42-43 (1 anushṭubh, 1 ushṇih). 60 (après analyse, 1 trishṭubh, 3 gāyatrī). 61 (après analyse, 1 jagatī, 3 gāyatrī).

Maṇḍala VII. 12-15 (après analyse de 15, 3 trishṭubh, 5 gāyatrī). 93-94 (après analyse[3], 1 trishṭubh, 2 gāyatrī).

Voici maintenant les exceptions, au moins apparentes, *à l'intérieur des séries.*

Maṇḍala II, 33-35 (1 jagatī entre 2 trishṭubh).

Maṇḍala III, 13-15 (2 trishṭubh après 1 anushṭubh). 24-25 (1 virāj après 1 gāyatrī).

Maṇḍala IV. 8-10 (1 padapaṅkti, etc., après 2 gāyatrī). 35-36 (1 jagatī après 1 trishṭubh). 43-45 (1 jagatī après 2 trishṭubh[4]). 49-50 (après analyse de 50, 1 trishṭubh après 1 gāyatrī).

[1] On verra plus loin que les hymnes isolés forment une même série à la fin de chaque maṇḍala.

[2] Les vers 16-19 de l'hymne 15 sont une addition postérieure.

[3] Et suppression des deux derniers vers de 93, indiquée déjà par Grassmann.

[4] On verra pourquoi le dernier hymne de la série aux Açvins ne

Maṇḍala V. 58-60 (1 jagatī entre 2 trishṭubh).

Maṇḍala VI. 5-10 (1 jagatī après 3 et avant 2 trishṭubh). 44-45 (après analyse, 6 trishṭubh après 2 anushṭubh et avant 10 gāyatrī).

Maṇḍala VII. 31 (après analyse, 1 virāj après 3 gāyatrī). 45-50 (1 jagatī après 1 trishṭubh, et de nouveau 1 jagatī après 3 trishṭubh).

Il saute aux yeux, tout d'abord, que les exceptions n'ont d'importance, même apparente, que dans les maṇḍalas IV et VII. Les maṇḍalas II-VII étant d'ailleurs ordonnés exactement d'après les mêmes principes, comme il est admis déjà, et comme le présent travail achèvera de le prouver, il ne saurait être question d'attacher aucune signification à cette particularité purement accidentelle. Mais hâtons-nous d'ajouter que l'aspect typographique des deux listes ne donne aucune idée de leur importance relative. Les exemples de violation du principe ne comptent chacun que pour un; presque tous les exemples d'application comptent chacun pour plusieurs, souvent même pour un très grand nombre. C'est ce que pourront constater avec précision les lecteurs versés dans le calcul des probabilités. Mais sans faire intervenir les mathématiques transcendantes, il est facile de voir, par exemple, que pour la succession II, 16-20, composée de 2 hymnes en jagatī et de 3 hymnes en trishṭubh, il y avait, *à ne considérer que le mètre*, 10 combinaisons et par

peut être rejeté. Il figure d'ailleurs au même titre que les précédents dans le sūtra d'Āçvalāyana, IV, 15, 2.

conséquent 9 violations possibles du principe; pour III, 3-8 (1 jagatī, 5 trishṭubh), 6 combinaisons, 5 violations possibles; pour III, 9-12 (1 bṛihatī, 1 ushṇih, 2 gāyatrī), 12 combinaisons, 11 violations possibles; pour III, 17-24 (7 trishṭubh, 1 gāyatrī), 8 combinaisons, 7 violations possibles. Les chiffres deviennent beaucoup plus forts si nous poussons jusqu'à ses dernières conséquences le principe de l'indépendance primitive des petits hymnes réunis artificiellement en sūktas : pour III, 26-27, par exemple (après analyse, 2 jagatī, 1 trishṭubh, 5 gāyatrī), 168 combinaisons, 167 violations possibles. Bref, pour une douzaine de violations réelles, nous avons un nombre d'applications qu'un hasard n'aurait pu produire qu'en triomphnat de centaines de chances contraires, que dis-je, de *centaines de mille*, car pour la succession donnée après analyse par les sūktas VI, 15-16, un de mes amis, mathématicien, a bien voulu m'apprendre que le nombre des combinaisons possibles était de 155,040. Mais les chiffres plus modestes fournis par les sūktas réguliers étaient déjà concluants. Voyons maintenant dans quelle mesure les violations elles-mêmes peuvent être expliquées sans hypothèses trop hardies.

Nous pouvons d'abord avoir à reconnaître des hymnes entiers interpolés, même à l'intérieur des séries. Le fait est surtout aisé à admettre pour tel ou tel des petits hymnes agglutinés en sūktas plus ou moins longs vers la fin des séries, avant les hymnes évidemment ajoutés après coup (parmi lesquels nous avons compris, à l'exemple de Grassmann, les queues VI, 16, 46-48; 45, 31-33; 60, 13-15; 61, 13-14, et de plus 52, 13-17). C'est ainsi, par exemple, que, toujours à la suite de Grassmann, nous avons admis plus haut comme certaine l'interpolation d'un petit hymne de 4 vers (16-19), à la fin du sūkta VI, 15, commençant par 5 hymnes authentiques de 3 vers, et placé devant un sūkta (16) qui renferme 15 autres hymnes de 3 vers (plus une autre queue). Il nous sera donc permis d'éliminer de même, devant les 10 hymnes de 3 gāyātrīs qui, avec une queue de trois vers, composent le sūkta VI, 45, les 6 hymnes de 3 trishṭubhs qui font suite, dans le sūkta 44, à 2 hymnes de 3 anushṭubhs, d'autant plus que le premier de ces 6 hymnes, 7-9, a une forme métrique très imparfaite. L'hymne de 3 virāj terminant le sūkta VII, 31 est d'autant plus suspect que son premier vers se retrouve dans le Pūrvārcika du Sāma-Veda, 4, 1, 4, 6, au milieu d'une série de trishṭubhs où il fait également l'effet d'un intrus.

Même dans une série de sūktas régulièrement coupés, un hymne métriquement informe comme IV, 10, dont le premier vers figure (5, 1, 5, 8) dans la partie, également informe, du Pūrvārcika, appelée par l'Ārsheya-Brāhmaṇa lui-même *indrapuccha* « la *queue* des vers à Indra », et qui se trouve ici-même à la fin d'un anuvāka, emplacement préféré des interpolations particulièrement tardives [1],

[1] Tardives, parce que la division en anuvākas, qui ne correspond que partiellement aux séries, divines, métriques ou numériques,

court grand risque de trouver peu de défenseurs. Il en sera sans doute de même de l'hymne VII, 50, qui serait mieux à sa place dans l'Atharva-Veda que dans le Ṛig-Veda. Quant à l'hymne VII, 46, il n'était pas suspect en lui-même; mais il le devient à mesure que notre principe paraît mieux établi.

Dans d'autres cas, la suppression d'un vers (quelquefois indiquée aussi par le principe du nombre décroissant des vers, par exemple, IV, 48 [1]), suffit pour rétablir l'ordre. Cette suppression va de soi dans l'hymne III, 25, dont l'avant-dernier vers, adressé à Indra et Agni, tandis que tous les autres sont adressés à Agni seul, est une interpolation évidente. Elle est au moins très aisée à admettre dans les hymnes IV, 36 et 45, dont le dernier vers est d'un mètre différent. Elle ne fera guère de difficulté non plus pour le dernier vers (en forme de conclusion) du premier hymne (1-6) compris dans le

est évidemment postérieure au classement primitif. Ce fait d'interpolations à la fin des anuvākas, même quand elle ne coïncide pas avec la fin des séries, a été signalé par M. Roth (*Zeitschrift der deutschen morgenländischen Gesellschaft*, XXXVII, 112). On peut citer, outre l'exemple ci-dessus, X, 128, (de 9 vers après la série des hymnes de 8 vers), III, 12 (à Indra et Agni dans la série des hymnes à Agni), 38 (artificiellement attribué à Indra, dans la série des hymnes à Indra), I, 179 et VII, 33, isolés entre deux longues séries, enfin V, 44, celui qui a été l'occasion de l'observation de M. Roth, à cause de sa teneur, étrange en effet, quelle que soit la solution de l'«énigme».

[1] On verra plus loin que la série à Vāyu doit comprendre 3 hymnes, et qu'il est par conséquent impossible de considérer l'hymne entier comme interpolé. Le vers 5 se distingue d'ailleurs des 4 premiers par l'absence du refrain.

sūkta IV, 50 : car le second hymne, 6-9, est également suivi d'une addition (10-11).

Voici maintenant les cas où il serait nécessaire de retrancher un vers à deux ou même à trois hymnes consécutifs. Là encore, certaines particularités pourraient nous encourager à pratiquer cette opération. Les deux hymnes II, 34 et 35, se terminent, l'un par un vers de mètre différent, l'autre par un vers à refrain connu, et le seul de l'hymne où le nom d'Apāṃ Napāt soit remplacé par celui d'Agni. Les hymnes V, 59 et 60 se terminent, l'un par un, l'autre par deux vers de mètre différent (ces derniers peuvent tomber tous les deux). Enfin des hymnes VI, 8, 9 et 10, le premier et le dernier se terminent par un vers de mètre différent.

Des hymnes III, 14 et 15, les derniers que nous ayons à examiner, le second a un refrain. Il est vrai qu'en supprimant un vers à chacun de ces hymnes de 7 trishṭubhs, parce qu'ils suivent un hymne de 7 anushṭubhs, on se créerait une autre difficulté apparente, l'hymne de 6 vers qui suit (16) étant en strophes composées chacune d'une bṛihatī et d'une satobṛihatī. Mais cette circonstance peut suggérer précisément une exécution qui paraîtrait assez légitime. Nous avons là, en effet, un exemple *unique* dans les six maṇḍalas II-VII, d'un hymne en pragāthas placé ailleurs qu'à la fin d'une série. Il y a beaucoup de chances pour que cet hymne entier soit interpolé.

Pour terminer, énumérons les sūktas ou fragments

de sūktas placés tout à la fin des séries, par conséquent sans défense contre les soupçons d'interpolation, et qui devront encore être rejetés en vertu de notre principe :

Maṇḍala II. 9-10 (2 trishṭubh après 2 gāyatrī). 41, vers 16-21 (après analyse, 1 anushṭubh, suivi de 1 gāyatrī, après 5 gāyatrī). 42-43, 1 trishṭubh et 1 jagatī après les précédents.

Maṇḍala V. 27-28 (après analyse, 1 trishṭubh, 1 anushṭubh et deux tricas irréguliers après 3 gāyatrī). 40, vers 4-9 (après analyse, 1 trishṭubh et des vers isolés après 1 ushṇih). 51, vers 11-15 (après analyse, 1 jagatī suivie de vers anushṭubhs, après 2 ushṇih). 72 (1 ushṇih après 1 gāyatrī).

B. *Maṇḍala I.*

Pour des raisons qui seront données plus loin, un certain nombre des collections du maṇḍala I n'ont pas à figurer ici, particulièrement les trois premières, 1-30, et la neuvième, 65-73. Parmi les autres, les seules qui nous offrent quelques occasions de vérifier notre principe sont la *dixième*, 74-93, la *quatorzième*, 140-164, et la *quinzième*, 165-191.

Voici les applications :

Dixième. 76-78 (2 trishṭubh, 1 gāyatrī). 79 (après analyse, 1 trishṭubh, 1 ushṇih, 2 gāyatrī). 82-83 (1 paṅkti, 1 jagatī).

Quatorzième. 140-142 (2 jagatī, 1 anushṭubh). 145-149 (1 jagatī, 3 trishṭubh, 1 virāj). 157-158 (1 jagatī, 1 trishṭubh).

Quinzième. 171-172 (après analyse de 171, 2 trishṭubh, 1 gāyatrī). 185-188 (2 trishṭubh, 1 anushṭubh et gāyatrī, probablement à rejeter comme informe, 1 gāyatrī).

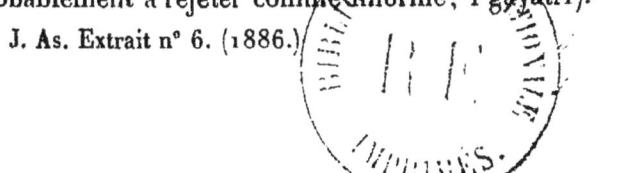

Voici maintenant les exceptions apparentes à l'intérieur des séries :

Dixième. 75-76 (1 gâyatrī, 1 trishṭubh).
Quatorzième. 154-155 (1 trishṭubh, 1 jagatī).
Quinzième. 165-166 (1 trishṭubh, 1 jagatī).

On voit que la règle paraît se vérifier également dans ces trois collections. J'avais laissé de côté le sūkta 84, placé à la fin d'une série, et divisible en 6 hymnes de 3 vers, suivis d'un pragātha. Les trois premiers hymnes sont classés selon notre principe (deux anushṭubhs, 1 ushṇih). Les trois suivants, *les derniers de trois vers*, le violent. A la place qu'ils occupent, ils deviennent très suspects d'interpolation, et leur texte n'est pas fait pour diminuer les soupçons; le sixième, d'ailleurs, ne saurait passer pour un hymne à Indra.

Quant aux autres exceptions apparentes, il en est deux qui n'offrent pas de difficulté. L'hymne 166 se termine par deux vers de mètre différent, dont l'un, en outre, est la reproduction du dernier vers de l'hymne précédent. Tout rentre dans l'ordre si on supprime soit ces deux vers, soit seulement le dernier. Peu de védistes regretteraient le rejet du dernier vers de l'hymne 155, qui supprimerait pareillement l'exception.

Reste l'hymne 75, de 5 gâyatrīs, devant deux hymnes de 5 trishṭubhs, suivis d'un nouvel hymne de 5 gâyatrīs. Il n'est pas sans exemple qu'un hymne ait perdu des vers [1]. Mais nous pouvons sans incon-

[1] Voir plus haut, p. 4 note 1.

vénient renvoyer le problème à une critique ultérieure. Notre principe paraît désormais suffisamment
démontré.

C. Maṇḍala X.

Parmi les collections antérieures à l'hymne 85, il
n'y en a que deux qui nous fournissent une occasion
de vérifier notre principe, celle d'Havirdhāna Āṅgi,
11-13, et celle de Kṛishṇa Āṅgirasa[1], 42-44. Il est
appliqué dans la première, 11-12 (1 jagatī, 1 trishṭubh) et semble violé dans la seconde, 42-44
(1 trishṭubh, 2 jagatī). Mais les deux derniers vers
du second et du troisième hymne sont une simple
répétition des deux derniers vers du premier : si on
les retranche, l'exception disparaît.

Reste les hymnes 85-191 qui forment, comme
on l'a remarqué depuis longtemps, une seule série,
classée d'après le nombre des vers, en gradation
descendante. Cette gradation, si manifeste qu'elle
soit, est assez souvent violée par des hymnes qui ont
dû recevoir des additions postérieures au classement,
ou être interpolés en entier. Il est vraisemblable
qu'un bon nombre d'exceptions doivent recevoir la
seconde explication. Or si on a interpolé des hymnes
qui rompent la gradation, il est clair qu'on a pu en
interpoler également qui la respectent[2]. On conce-

---

[1] Sur la nature de ces collections, voir plus bas, p. 43-45.

[2] Nous avons constaté et nous constaterons encore des interpolations de ce genre dans les maṇḍalas II-VII, à l'intérieur des séries
divines, où le principe du nombre des vers a été si rarement violé.

vrait même que dans cette longue série, plus étendue que certains maṇḍalas complets, les hymnes d'un même nombre de vers eussent formé des sous-séries, à la suite desquelles seraient venus s'interpoler successivement d'autres hymnes de même longueur, comme après les séries des maṇḍalas II-VII consacrées à une même divinité, venaient s'interpoler les hymnes adressés à la même divinité. L'interpolation serait trahie ici par le mètre, comme elle l'était là-bas par le nombre des vers. Le tout, bien entendu, sans préjudice d'interpolations au milieu des sous-séries, interpolations dont la possibilité est prouvée par celle de tant d'hymnes qui rompent, comme nous l'avons dit, la gradation descendante du nombre des vers.

Si l'on tient compte de tant de complications possibles, et même vraisemblables *à priori*, on ne pourra manquer d'être frappé des traces qu'a laissées, même ici, l'application de notre principe.

Commençons par la sous-série la plus longue, et par suite la plus significative. Les hymnes de 3 vers, 177-191[1], sont ainsi rangés : 7 trishṭubh (la trishṭubh est dominante dans 177 et 179), 1 anushṭubh, 5 gāyatrī, puis de nouveau 2 anushṭubh. Retran-

On paraît avoir gardé assez longtemps conscience de ce principe. Il y a peut être là une nouvelle indication chronologique (cf. p. 14, note 1). Les interpolations qui le respectent *peuvent* être plus anciennes que celles qui le violent.

[1] Le dernier a 4 vers et l'hymne 187 en a 5; mais ils ne devaient en avoir primitivement que 3 chacun, puisqu'ils figurent dans le VIe kāṇḍa de l'Atharva-Veda.

chons ces deux derniers, dont l'un, 190, n'a pas même de pada-pāṭha[1] : tout est dans l'ordre. Voilà déjà une régularité suffisante pour exclure l'idée d'un pur hasard.

Les hymnes de 9 vers, beaucoup moins nombreux, 115-118, n'offrent aucune exception : 1 jagatī, 2 trishṭubh, 1 gāyatrī. Il en est de même de ceux de 8 et de 7 vers, si l'on admet ici pour le classement de la bṛihatī et de ses analogues, ainsi que de la paṅkti, l'interprétation indiquée plus haut, différente de celle que nous avons supposée dans les sept premiers maṇḍalas, mais mieux prouvée peut-être que ne l'est l'autre. Hymnes de 8 vers, 122-123 et 125-127 (124 a 9 vers trishṭubhs et peut être considéré, soit comme interpolé en entier, soit comme augmenté d'un vers, auquel cas il est à sa place) : 1 jagatī, 2 trishṭubh, 1 uparishṭād-bṛihatī, 1 gāyatrī. Hymnes de 7 vers, plus nombreux (129-137) : 3 trishṭubh, 1 hymne en différents mètres intermédiaires (peut-être interpolé?), 2 mahāpaṅkti (ou analogues), 3 anushṭubh.

Les hymnes de 6 vers, 138-141 et 143-146, présentent une exception intérieure, mais unique (pour ne pas parler de l'interpolation évidente de l'hymne 142 qui a 8 vers); c'est l'hymne 144, d'ailleurs composite. Voici la succession, abstraction faite de celui-là : 1 jagatī, 1 trishṭubh, 1 satobṛihatī, etc., 4 anushṭubh.

[1] Le fait est très rare, quoique cet exemple ne soit pas unique. Cf. Lanman, *Journal of the American Oriental Society*, XI, p. CXCIII.

Dans les hymnes de 5 et de 4 vers, il faudra admettre à la fois une interpolation intérieure, 153 d'une part et 170 de l'autre, et l'addition d'une queue, ici de 3 hymnes, 174-176 (173 a 6 vers[1]), là beaucoup plus longue, de 7 hymnes, 158, 160-161 et 163-166, sans compter 159 et 162 qui ont chacun un vers de trop[2]. Il n'en reste pas moins deux successions assez significatives. Hymnes de 5 vers, 147-152 et 154-157 (après la suppression de 153) : 1 jagatī, 2 trishṭubh, 1 bṛihatī, etc., 4 anushṭubh, 1 gāyatrī, 1 dvipadā. Hymnes de 4 vers, 167-169 et 171-172 (après la suppression de 170) : 1 jagatī, 2 trishṭubh, 1 gāyatrī, 1 dvipadā.

Les hymnes de 11 vers, 104-110, parmi lesquels nous comprenons 109 qui devait avoir aussi primitivement 11 vers, d'après la place qu'il occupe dans le Ve kāṇḍa de l'Atharva-Veda, forment, sauf une exception intérieure, celle de l'hymne 105, assez informe d'ailleurs, une succession régulière de trishṭubhs. Des trois hymnes de 15 vers, 91-93, les deux premiers sont en jagatī : le troisième, composite, pourrait être en place à la rigueur, mais paraît plutôt avoir été ajouté après coup.

Reste les courtes sous-séries de 12 (98-102) et 10 vers (111-114). Par application de notre prin-

[1] Et n'en avait primitivement que 3 (kāṇḍa VI de l'Atharva-Veda). Au contraire 174 en avait exactement 4 (et non 5), puisqu'il figure dans le kāṇḍa I de l'Atharva-Veda.

[2] 163 n'avait primitivement que 5 vers (kāṇḍa II de l'Atharva-Veda).

cipe, nous considérerons les trois hymnes 100-102, d'ailleurs composites à l'exception du premier, comme une queue ajoutée après coup. Pour les hymnes de 10 vers, on aura le choix entre une queue de deux hymnes, 113-114, ou une interpolation intérieure d'un seul hymne, 113.

Ainsi, la vérification est aussi complète qu'on pouvait l'espérer dans une série qui, sur 107 hymnes, présente déjà 17 exceptions, au moins apparentes, au principe fondamental du nombre de vers. Si ce premier principe sautait aux yeux néanmoins, c'est grâce à la longueur de la série, et le principe nouveau n'est guère moins manifeste en somme dans une sous-série suffisamment longue, comme celle des hymnes de 3 vers, par laquelle nous avons commencé.

D. *Maṇḍala VIII.*

L'étude que nous consacrerons, dans la seconde partie de ce travail, au maṇḍala VIII, prouvera qu'il comprend de petites collections, en général régulièrement classées à l'intérieur. On verra qu'en particulier le principe de la succession des mètres d'après leur longueur, en gradation descendante, semble y être appliqué aussi aux hymnes du même nombre de vers adressés aux mêmes divinités. Les exemples seront cités p. 59.

II. L'ordre des séries.

Cet ordre, comme nous l'avons annoncé, est réglé par le nombre des hymnes de chaque série, en gradation descendante. Nous commencerons par le maṇḍala IX, comprenant seulement un petit nombre de séries distinguées par le mètre employé. Nous examinerons ensuite les maṇḍalas II-VII, où les séries sont formées d'hymnes adressés à une même divinité, à un même couple ou groupe de dieux. Puis nous passerons successivement aux maṇḍalas X et VIII, où nous aurons à déterminer la nature des séries. Nous finirons par les collections composant le maṇḍala I, où nous reconnaîtrons des principes de classement analogues, en partie à ceux des maṇḍalas II-VII, en partie à ceux de certaines collections du maṇḍala VIII. Ce dernier fait est notre seule raison pour faire passer le maṇḍala VIII avant le maṇḍala I, dont l'ordonnance est beaucoup plus claire à première vue.

A. *Maṇḍala IX.*

L'ordre des séries métriques est le suivant : gāyatrī, jagatī, trishṭubh, anushṭubh, ushṇih, pragātha de bṛihatī, pragātha de kakubh (les derniers hymnes, 109-114, doivent être considérés comme des additions postérieures, tous ceux de leurs vers qui figurent dans le Pūrvārcika du Sāma-Veda y étant relégués dans l'Indrapuccha). Pourquoi cet ordre? Il est sans rapport avec la longueur des mètres. Comptons les hymnes, bien entendu sans nous laisser tromper par les agglutinations de petits hymnes qui se trouvent à la fin des séries, et quelquefois même les composent tout entières.

Gāyatrī. 124 hymnes au moins.

59 hymnes, 1-4, 6-60 (l'hymne *āprī*, 5, d'ailleurs composite, n'est pas à la place qui lui appartiendrait d'après le nombre de ses vers). 60 autres hymnes, de 3 vers, en 6 sūktas de 30 vers chacun, 61-66. Grassmann en fait encore 10, 9 de 3 vers, et 1 de 2, avec le sūkta 67 et dernier (32 vers dont il rejette seulement les trois derniers). Je m'arrêterais avant les vers 16-18, en *dvipadā*, et ne retiendrais que 5 hymnes. Peu importe du reste pour l'objet qui nous occupe.

Jagatī. 36 hymnes.

17 hymnes, 68-84. 3 hymnes de 4 vers en 1 sūkta, 85. 16 hymnes de 3 vers en 1 sūkta, 86. C'est le compte de Grassmann.

Trishṭubh. 34 hymnes ou 36 *au plus*.

9 hymnes, 87-95. 6 hymnes de 4 vers en 1 sūkta, 96. 19 hymnes de 3 vers en 1 sūkta, 97 (le dernier vers ajouté). *Sic* Grassmann. A supposer qu'on voulût, contre les indications du Sāma-Veda, diviser le sūkta 96 en 8 hymnes de 3 vers, le nombre total ne dépasserait toujours par celui des hymnes en jagatī.

Anushṭubh. 14 hymnes.

4 sūktas, 98-101, dont les deux derniers, 100 et 101, rompant l'ordre numérique, *doivent* être divisés en 8 hymnes de 3 vers (plus un vers ajouté à 101), et dont les deux premiers *peuvent* l'être non moins naturellement en 6 autres hymnes de 3 vers (avec addition de 2 vers à 99).

Ushṇih. 12 ou 13 hymnes.

5 sūktas, 102-106, dont le dernier rompt l'ordre numérique, et qui peuvent être tous analysés en hymnes de 3 vers.

Les quatre premiers en donneront 8 (avec deux vers en trop dans 102); le dernier en donne au moins 4, et peut en donner 5, si l'on admet qu'il ait perdu un vers, comme le Sāma-Veda en suggère l'idée[1].

Pragātha de Bṛihatī. 12 hymnes.

Ces 12 hymnes sont réunis en un sūkta, 107. Ils ont 2 vers chacun, les vers 3 et 16 devant être considérés comme des allongements de 2 et 15, selon une remarque de M. Oldenberg[2].

Pragātha de Kakubh. 8 hymnes.

1 sūkta, 108, de 16 vers, divisible en hymnes de 2 vers. Le sūkta 109, composé de 22 dvipadās virāj, aurait pu donner une dernière série de 7 hymnes de 3 vers (avec un vers ajouté). Mais les vers initiaux de ces hymnes, à l'exception du dernier, absent du Sāma-Veda, figurant tous dans l'Indrapuccha, condamnent le sūkta entier au même sort que les suivants.

Le principe du classement, déjà aperçu d'ailleurs par Grassmann, paraît établi : il sera confirmé par l'arrangement tout semblable des trois grandes collections qui composent le Pūrvārcika.

On sait que ces trois collections sont formées respectivement de vers à Agni, à Indra, à Soma Pavamāna, et que dans chacune d'elles, ces vers, tous isolés, sont classés d'après les différents mètres. L'analogie avec notre maṇḍala IX est donc très grande

[1] Le vers 13 est une *yoni* dans le Pūrvārcika (le vers manquant au tṛica est remplacé par une anushṭubh dans l'Uttarārcika).

[2] *Zeitschrift der deutschen morgenländischen Gesellschaft*, XXXVIII, p. 480.

(nous n'avons pas plus à nous occuper de la division postérieure en décades, que de celle en vargas dans le Ṛig-Veda). Cette analogie s'étend encore à l'ordre dans lequel les séries métriques se succèdent. L'ordre de ces séries est tout autre à première vue que dans le maṇḍala IX; mais, vérification faite, il se trouve réglé d'après le nombre des vers de chaque mètre, comme là par celui des hymnes, en gradation descendante. Nous devons ajouter pourtant qu'il l'a été une seule fois pour les trois collections, soit qu'on ait pris pour modèle la première, ou la première et la seconde qui donnaient les mêmes résultats, soit enfin que l'ordre ait été calculé d'après le nombre des vers de chaque espèce dans les trois collections réunies : car les résultats de ce calcul sont encore les mêmes, comme le montre le tableau suivant :

	Agni	Indra	Soma	Total
Gāyatrī	34	118[1]	44	196
Bṛihatī	28	80	12	120
Trishṭubh	18	29	22	69
Anushṭubh	16	27	9	52
Ushṇih	10	17	12	39
Kakubh	7	10	7	24

On voit qu'en tout cas la troisième collection n'a pas eu de classement indépendant. Mais il nous reste à signaler deux exceptions véritables, pour des mètres

[1] En deux groupes, l'un de 79 (sur un ou plusieurs sāmans), l'autre de 39 (sur un seul sāman). Voir Burnell, *The Ārsheya-Brāhmaṇa*, p. XIV.

qui ne sont pas communs aux trois collections, et qui n'ont pas figuré dans notre tableau. Il ne s'agit pas du ramassis informe déjà qualifié par les Hindous eux-mêmes d'*indrapuccha*, mais des 17 paṅktis qui le précèdent dans la collection des vers à Indra, et qui y font suite aux 10 kakubhs, et des jagatīs figurant, dans cette collection et la suivante, au nombre de 10 et 12, entre les anushṭubhs et les ushṇihs. L'hypothèse d'un ordre réglé d'après les totaux des trois collections réunies justifierait la place des paṅktis, mais non celle des jagatīs. Peut-être la première collection a-t-elle perdu une série de jagatīs. Autrement, il faudrait admettre que c'est décidément elle qui a servi de modèle, et que les mètres qui n'y figuraient pas ont été classés dans les autres un peu au hasard. En tout cas, ce n'est pas le hasard qui a produit les successions relevées dans le tableau ci-dessus, et leur parfaite analogie avec celle que nous avons reconnue dans le maṇḍala IX.

B. *Maṇḍalas II-VII.*

Un fait frappe nécessairement la première personne qui ouvre le Ṛig-Veda : c'est que chacun de ces maṇḍalas commence par les hymnes à Agni[1], et se continue par les hymnes à Indra. Mais le vrai principe de l'ordre dans lequel se succèdent les séries suivantes n'avait pas, je crois, été reconnu jusqu'à présent.

[1] Y compris l'hymne *āprī* ou *āpra*, quand le maṇḍala en contient un.

Selon Grassmann[1], l'ordre de ces séries serait à peu près le suivant. Immédiatement après les hymnes à Indra viendraient les hymnes à Bṛihaspati (dans les maṇḍalas qui en contiennent), puis les hymnes aux groupes de dieux, ensuite ceux qui sont adressés à des couples ou à une divinité unique autre que celles comprises dans les séries précédentes. On voit que ces indications sont loin d'être précises, puisqu'elles ne nous donnent rien sur la préséance entre les différents groupes, couples ou dieux isolés. Elles sont de plus, même dans leur généralité, contredites par les faits.

Celle qui concerne Bṛihaspati est étrange. Le maṇḍala II renferme en effet 4 hymnes à cette divinité rangés immédiatement après les hymnes à Indra, 23-26. Mais sur les maṇḍalas II-VII, il n'y en a qu'un autre qui renferme un hymne à Bṛihaspati seul, le VIe, et cet hymne est tout à la fin du maṇḍala (73). Quant aux hymnes à Indra et Bṛihaspati, IV, 49-50; VII, 97-98, Grassmann ne paraît pas les avoir ici en vue, et, en fait, ils sont chaque fois très loin des hymnes à Indra.

L'idée d'un classement des groupes avant les couples et les divinités isolées peut sembler à première vue plus exacte. Les hymnes à Indra sont immédiatement suivis, dans le maṇḍala III, d'hymnes aux Viçve devās, 54-57, dans le maṇḍala IV, d'hymnes aux Ṛibhus, 33-37, dans les maṇḍalas V-VII, de

[1] *Rig-Veda übersetzt*, I, p. 2.

nouveau d'hymnes aux Viçve devās, V, 41-51; VI, 48-52; VII, 34-55. Mais d'autre part, l'hymne unique aux Ṛibhus du maṇḍala III, et l'hymne unique aux Viçve devās du maṇḍala IV, sont l'un et l'autre placés tout à la fin (60 et 55), après des hymnes adressés à des couples ou à des divinités isolées. L'hymne unique aux Maruts du maṇḍala VI est dans le même cas (66). Celui du maṇḍala II (34), vient après un hymne à Rudra (33).

On pourrait être tenté de croire que la parenté des Maruts avec Rudra est la raison de ce dernier classement. De même, les hymnes à l'aurore semblent suivre assez régulièrement les hymnes aux Açvins, V, 73-78 et 79-80; VI, 62-63 et 64-65; VII, 67-74 et 75-81; mais ils en sont séparés dans les maṇḍalas III, 58 et 61, et IV, 43-45 et 51-52. Si l'on cherche dans le même ordre d'idées un principe de classement pour les hymnes adressés aux différents couples et aux différentes divinités invoquées isolément, on est obligé d'admettre des exceptions presque aussi nombreuses que la règle prétendue, *et des exceptions sans analogie entre elles*. Bref, l'ordre des séries ne dépend pas des divinités auxquelles elles sont consacrées.

Or le premier qui ait remarqué que les maṇḍalas II-VII commençaient tous par les hymnes à Agni et par les hymnes à Indra, a remarqué du même coup que ces hymnes étaient les plus nombreux de tous. Si l'on n'a pas pensé plus tôt que le classement des séries suivantes reposait pareillement sur le nombre d'hymnes de chaque série, cela prouve une fois de plus que les idées les plus simples viennent toujours les dernières.

Nous allons procéder à la vérification de ce principe, en la faisant précéder pourtant de deux observations essentielles.

La première est que l'ordre respectif des deux séries à Agni et à Indra, réglé une fois pour toutes (comme celui des séries métriques dans le Pūrvārcika du Sāma-Veda), ne satisfait pas absolument dans tous les maṇḍalas au principe général du classement des séries d'après le nombre décroissant des hymnes. Dans les maṇḍalas II, IV, VI, VII, le nombre des hymnes à Indra dépasse celui des hymnes à Agni[1]. Au contraire, l'ordre des séries suivantes, très inégalement représentées dans les différents maṇḍalas, est réglé séparément pour chacun d'eux d'après le nombre d'hymnes qu'elles renferment. C'est pour cela que, comme on l'a vu déjà, cet ordre diffère singulièrement de l'un à l'autre.

[1] Même en comptant les hymnes, non d'après le nombre des *sūktas* de la Saṃhitā sous sa forme actuelle, mais d'après les principes d'analyse déjà appliqués. Il arrive même une fois (dans le VIIe maṇḍala) que la série des hymnes à Indra, 18-32, *paraît* moins nombreuse que la première des séries suivantes, 34-55 (33 est interpolé). Mais c'est une simple apparence qui s'évanouit quand on a reconnu que les prétendus hymnes 31 et 32 sont en réalité composés, le premier de 3, le second de 13 hymnes différents. En revanche, dans le maṇḍala V, la décomposition du 11e et dernier hymne aux Viçve devās, 51, en 5 hymnes, donnerait un total de 15 hymnes, supérieur à celui des hymnes à Indra, qui n'est que de 12. Nous verrons toutefois que le nombre des hymnes aux Viçve devās doit lui-même être réduit à 12 par des retranchements. Mais il paraît évident que les hymnes à Indra les auraient en tout cas précédés.

La seconde observation est plus importante. C'est un complément essentiel au principe lui-même. De même qu'à l'intérieur d'une même série, deux ou plusieurs hymnes peuvent avoir le même nombre de vers (auquel cas la préséance est réglée par le mètre), ainsi deux ou plusieurs séries successives peuvent avoir le même nombre d'hymnes. Elles sont rangées alors, car rien n'est laissé à l'arbitraire, *d'après le nombre des vers du premier hymne de chaque série, toujours en gradation descendante.*

Quant aux hymnes *isolés, ils forment une série unique et dernière*, et sont rangés à la fin du maṇḍala, selon le principe ordinaire du nombre décroissant des vers.

Nous suivrons pour plus de simplicité l'ordre des maṇḍalas, quoique le second et le troisième, c'est-à-dire les premiers de ceux dont nous nous occupons actuellement, ne renfermant qu'un petit nombre d'hymnes adressés à des divinités autres qu'Agni et Indra, offrent précisément les conditions les moins favorables pour notre démonstration.

Maṇḍala II.

Il renferme après les hymnes à Indra :

1° 4 hymnes à Bṛihaspati, 23-26;

2° 3 hymnes aux Âdityas, 27-29, dont un à Varuṇa, 28, non distingué des hymnes aux Âdityas, et régulièrement placé dans la série (11 vers entre 17 et 7[1]).

[1] Cf. plus bas, maṇḍala IV, 2 hymnes à Bṛihaspati formant série avec 1 hymne à Indra et à Bṛihaspati.

3° 2 hymnes aux Viçve devās, 30 et 31, suivis d'un hymne en deux mètres différents, apparemment interpolé, 32; (à supposer que la première partie de cet hymne eût composé avec les précédents une collection de 3 hymnes, cette collection commençant par un hymne de 11 vers, serait encore à sa place après une autre collection de 3 hymnes commençant par un hymne de 17 vers).

4° Enfin des hymnes isolés, 33-40, classés exactement, à l'exception de 36 et 37, d'après le nombre décroissant des vers. On pourrait être tenté d'y ajouter le sūkta 41, de 21 vers, que Grassmann a déjà décomposé en 7 hymnes de 3 vers chacun. Nous avons vu toutefois (p. 17) que les deux derniers devaient être rejetés, en vertu du principe de la succession des mètres. Il resterait cinq hymnes : mais la plupart sont adressés à des divinités déjà invoquées dans des hymnes précédents; le sūkta entier est donc suspect. La raison métrique suffirait pour nous faire rejeter au moins l'un des deux derniers sūktas du maṇḍala, 42 et 43, qui d'ailleurs seraient tous les deux mieux à leur place dans l'Atharva-Veda. Les seuls hymnes embarrassants sont 36 et 37, de 6 vers chacun, entre deux hymnes de 15 (ou plutôt de 14, voyez p. 16) et un autre de 11 : il y aura lieu d'examiner s'ils doivent être réunis en un hymne de 12, ou considérés comme interpolés tous les deux.

Maṇḍala III.

Il fait suivre les hymnes à Indra :

1° De 4 hymnes aux Viçve devās, 54-57;

2° D'hymnes isolés régulièrement rangés, y compris le dernier, 62, de 18 vers, que Grassmann a déjà décomposé en 6 hymnes de 3 vers chacun, à autant de divinités différentes. L'hymne 59 est composé de deux fragments métriquement distincts; mais, d'après la place qu'ils occupent, ces deux fragments, comme l'admet du reste Grassmann, devaient être réunis lors du classement de la Saṃhitā.

Ainsi les maṇḍalas II et III ne contredisent pas notre principe. Les suivants le démontrent.

Maṇḍala IV.

1° 6 hymnes aux Ṛibhus. On ne compte actuellement que 5 sūktas, 33-37; mais le dernier est formé de 2 hymnes métriquement distincts;

2° 3 hymnes à Dadhikrāvan, 38-40, dont le premier a 10 vers;

3° 3 hymnes à Indra et Varuṇa. 2 *sūktas*, 41-42; mais le second est divisé en deux parties par Grassmann[1], qui rejette la seconde : on devra plutôt en faire un hymne distinct. Il reste une difficulté, le premier hymne à Indra et Varuna ayant 11 vers, tandis que le premier hymne à Dadhikrāvan n'en a

[1] M. Oldenberg est d'un autre avis, *Zeitschrift der deutschen morgenländischen Gesellschaft*, XXXIX, p. 79.

que 10 : c'est un problème qu'une critique ultérieure pourra résoudre;

4° 3 hymnes aux Açvins, 43-45, dont le premier a 7 vers;

5° 3 hymnes à Indra et Vāyu, 46-48, dont le premier a 7 vers (le dernier a 1 vers de trop, comme l'a déjà remarqué Grassmann);

6° 3 hymnes à Bṛihaspati et à Indra, dont le premier a 6 vers. 2 *sūktas*, 49-50, dont le second comprend évidemment deux hymnes distincts, l'un de 6 (ou plutôt de 5[1]), l'autre de 5 (ou plutôt de 3) vers. Grassmann rejette ce dernier; on voit qu'il faut le garder, la collection de 2 hymnes qui vient ensuite commençant par un hymne de 11 vers;

7° 2 hymnes à l'Aurore, 51 et 52, dont le premier a 11 vers;

8° 2 hymnes à Savitar, dont le premier a 7 vers;

9° 2 hymnes aux Viçve devās, dont le premier a 7 vers. 1 *sūkta*, 55, dont Grassmann distingue assez arbitrairement les deux fragments, en rejetant le second. Je fonde ma division uniquement sur la raison métrique;

10° 2 hymnes au Ciel et à la Terre, dont le premier a 4 vers. 1 *sūkta*, 56, composé de deux parties métriquement distinctes.

Les hymnes 57 et 58 paraissent être des additions postérieures, comme l'entend Grassmann.

[1] Voir plus haut, p. 15-26.

Maṇḍala V.

1° 12 hymnes aux Viçve devās. 11 *sūktas*, 41-51, dont le dernier, 51, a été divisé par Grassmann en 5 hymnes différents. Le rejet de l'hymne 44, proposé par Grassmann, peut être justifié par sa place à la fin d'un anuvāka[1]. De plus, les deux derniers hymnes (l'un de *deux* anushṭubhs), que le même savant tirait du *sūkta* 51, doivent être rejetés[2] comme violant le principe de succession métrique.

2° Un nombre d'hymnes aux Maruts qui pourra n'être pas supérieur à 10 (nombre des hymnes de la collection suivante, dont le premier n'a que 9 vers, tandis que le premier hymne aux Maruts en a 17), mais qui pourrait aussi monter jusqu'à 12 (si l'on admet ce chiffre pour la collection précédente, dont le premier hymne a 20 vers). Nous n'avons que 10 *sūktas*, 52-61, dont le dernier, non homogène, est rejeté par Grassmann. Il faudra au contraire le conserver, au moins en partie. Gardons provisoirement un seul hymne, et contentons-nous d'une série de 10 hymnes;

3° 10 hymnes à Mitra et Varuṇa, 62-71. L'hymne 72 doit être rejeté comme violant le principe de succession métrique (p. 17);

4° 6 hymnes aux Açvins, 73-78. Le dernier n'a

[1] Plus haut, p. 14, note 1.

[2] Je suis ici d'accord avec M. Oldenberg, *Zeitschrift*, XXXVIII, p. 459, note 4.

pu se composer primitivement que des 3 ushṇihs du commencement[1];

5° 2 hymnes à l'Aurore, 79 et 80, dont le premier a 10 vers;

6° 2 hymnes à Savitar, 81 et 82, dont le premier a 5 vers. Au lieu de faire deux hymnes du second, comme Grassmann, on devra en rejeter une partie;

7° enfin des hymnes isolés, dont le dernier, 87, devra être rejeté, à l'exemple de Grassmann. Reste l'hymne 84, de trois vers, à la Terre, qui viole seul l'ordre réglé sur le nombre décroissant des vers : il est exposé au même sort. Remarquons en passant que l'unique vers de 87 qui se retrouve dans le Sāma-Veda y figure dans l'Indrapuccha.

Maṇḍala VI.

1° 6 ou 8 hymnes aux Viçve devās, dont le premier a 22 vers. 5 *sūktas*, 48-52, dont le dernier comprend 2, 3 ou 4 hymnes différents, de 6 ou de 3 vers, avec une addition de 5 vers; l'hymne 51 a au moins un vers, probablement quatre, en trop;

2° 6 hymnes à Pūshan, 53-58, dont le premier a 10 vers. Le cinquième, 57, adressé à Indra et Pūshan, est à sa place dans la série;

3° 6 hymnes à Indra et Agni, dont le premier a 6 vers. 2 *sūktas*, 59 et 60, déjà divisés par Grassmann, le premier en 2, le second en 4 hymnes. Je suis d'accord avec lui pour rejeter les 3 derniers vers du second. Mais je m'en tiens pour la déter-

[1] Même observation.

mination des deux hymnes dont se compose le premier aux indications métriques;

4° 4 hymnes à Sarasvatī, formant un seul *sūkta*, 61, déjà décomposé ainsi par Grassmann (deux vers à retrancher à la fin);

5° 2 hymnes aux Açvins, 62-63, dont le premier a 11 vers;

6° 2 hymnes à l'Aurore, 64-65, dont le premier a 6 vers;

7° Hymnes isolés, régulièrement rangés, sauf les deux derniers, 74 et 75. Grassmann ne rejette que le dernier. Peut-être l'avant-dernier a-t-il seulement un vers ajouté.

Mandala VII.

1° 19 hymnes aux Viçve devās, 34-45 (33 est interpolé), 47-49 et 51-54, y compris quelques hymnes à différents dieux, faisant évidemment, et de l'avis général, partie de la même série. Je retranche 46 et 50 comme violant le principe de succession métrique (p. 15). Quant à l'hymne non homogène 55, placé à la fin de la série, il paraît devoir être rejeté en entier;

2° Un nombre d'hymnes aux Maruts difficile à déterminer. Nous n'avons que 4 *sūktas*, 56-59, dont le premier se divise naturellement en 2 hymnes (le second allongé d'au moins quatre vers), et le dernier en peut donner 3 ou 4 (les quatre derniers vers sont nécessairement une addition postérieure). Si la série suivante comprend, comme il semble, 11 ou

12 hymnes, nous aurions ici une exception unique, mais notable. Elle ne saurait cependant infirmer un principe désormais suffisamment établi et confirmé encore par l'ordre de toutes les séries suivantes. Peut-être un certain nombre d'hymnes se sont-ils perdus. On peut constater dans un hymne du Xe maṇḍala (109), la perte absolument sûre de quelques vers (voir p. 4, note 1);

3° 11 ou 12 hymnes aux Ādityas. 7 *sūktas*, 60-66, dont le dernier se divise naturellement en sept parties distinctes. La dernière (de 4 vers après des parties de 2 vers) doit être cependant rejetée, et l'avant-dernière est suspecte parce qu'elle est adressée uniquement à Sūrya. Il reste toujours au moins 5 hymnes, c'est-à-dire 11 en tout;

4° 10 hymnes aux Açvins. 8 *sūktas*, 67-74, dont le dernier se compose de 3 pragāthas, ou plutôt de 3 hymnes distincts. Grassmann rejette, sans raison extrinsèque à ce qu'il semble, le dernier des trois. D'ailleurs la série, n'eût-elle que 9 hymnes, serait toujours à sa place, puisqu'elle commence par un hymne de 10 vers, tandis que la suivante commence par un hymne de 8;

5° 9 hymnes à l'Aurore. 7 *sūktas*, 75-81, dont le dernier, de l'avis de Grassmann lui-même, comprend 3 hymnes distincts;

6° 4 hymnes à Indra et Varuṇa, 82-85, dont le premier a 10 vers;

7° 4 hymnes à Varuṇa, 86-89, dont le premier a 8 vers;

8° 3 hymnes à Indra et Vâyu, 90-92, dont le premier a 7 vers;

9° 3 hymnes à Indra et Agni, dont le premier a 6 vers. 2 *sûktas*, 93-94, divisés par Grassmann, le premier en deux, le second en quatre parties. Le premier présente simplement à la fin une addition évidente (et reconnue aussi par Grassmann) de deux vers. Notre principe prouve que le second, composé de 12 vers, doit être divisé, non pas en 4 hymnes de 3 vers, mais en 2 hymnes de 6 vers;

10° 3 hymnes à Sarasvatī et à Sarasvant, dont le premier a 3 vers. 2 *sūktas*, 95-96, que Grassmann divise chacun en deux. En réalité, le second comprend une strophe pragātha, composant à elle seule l'hymne primitif et suivie d'un vers isolé et d'un trịca hors de place. Il ne compte que pour 1, ce qui, avec les 2 du premier, fait justement 3;

11° 2 hymnes à Indra et Bṛihaspati, 97-98, dont le premier a 10 vers;

12° 2 hymnes à Vishṇu, 99-100, dont le premier a 7 vers;

13° 2 hymnes à Parjanya, 101-102, dont le premier a 6 vers.

L'hymne isolé, 103, aurait pu faire originairement partie de la Saṃhitā, mais non le dernier, 104, qui est certainement ajouté.

C. Maṇḍala X.

Grassmann a reconnu dans ce maṇḍala deux grandes ṣéries d'hymnes rangés, sauf des exceptions relativement peu importantes, d'après le principe du nombre décroissant des vers. Ces deux séries composent à elles seules les deux derniers tiers du maṇḍala. La première comprend les hymnes 61-84, la seconde les hymnes 85-191.

Pourquoi deux séries et non une seule? Cette question ne paraît avoir reçu jusqu'à présent aucune solution. L'Anukramaṇī suggère cependant une réponse aisée. On a dit, il est vrai, que ses données ne pouvaient être prises au sérieux en ce qui concerne les auteurs du Xe maṇḍala, dont elle fait souvent des personnages mythiques. Mais il ne s'agit pas ici de la valeur absolue de ces attributions. Il s'agit uniquement de la base qu'elles ont pu fournir au classement[1]. Or, la question ainsi posée sera résolue par l'examen le plus sommaire.

Tous les hymnes de 85 à 191 sont attribués chacun à un auteur différent. Tous les hymnes de 61 à 84, sauf une exception insignifiante pour 75 et 76, sont groupés deux par deux dans l'Anukramaṇī. Enfin, les hymnes de 1 à 60 y sont rangés pour la plupart en groupes de trois et plus. Nous reviendrons tout à l'heure sur ceux-ci. Il peut être considéré dès maintenant comme prouvé que la distinction des deux grandes séries, 61-84 et 85-191, est fondée sur le nombre d'hymnes attribués à un même auteur, les collections de deux hymnes précédant les hymnes isolés.

[1] L'ensemble de ce travail pourra avoir, entre autres résultats, celui de prouver que la plupart des attributions de l'Anukramaṇī sont aussi anciennes que la Saṃhitā elle-même.

A l'intérieur de la série des hymnes isolés, le principe du classement d'après le nombre décroissant des vers souffre, comme on l'a vu (p. 19-23), un certain nombre d'exceptions qui trahissent selon toute vraisemblance, soit des interpolations d'hymnes entiers, soit des additions aux hymnes primitivement admis dans la série. J'ai indiqué dans l'introduction de ce mémoire (p. 4) la confirmation éclatante que la seconde hypothèse trouve, pour plusieurs hymnes, dans les principes de classement de l'Atharva-Veda.

De 61 à 84, les exceptions apparentes que présentait la série considérée dans son ensemble disparaissent toutes, si l'on tient compte du groupement des hymnes deux par deux. Il faut en effet substituer au principe de la gradation descendante d'un bout à l'autre de la série : 1° celui du nombre décroissant des vers à l'intérieur de chaque collection de deux hymnes; 2° pour la succession des collections elles-mêmes, celui de la gradation descendante d'après le nombre des vers du premier hymne. La régularité devient alors *absolue*, comme chacun pourra le vérifier (voir 61-62, 71-72, 73-74). Les hymnes 75 et 76 eux-mêmes auraient la place qui leur appartient dans la série, si, au lieu de les considérer comme interpolés, on admettait, contre l'indication de l'Anukramaṇī, qu'ils ont formé également un groupe de deux.

De 1 à 60, la régularité est beaucoup moindre. Mais si l'on songe que la dernière série, malgré un principe de classement universellement reconnu, présente des exceptions assez nombreuses, on ne pourra refuser d'attacher une importance sérieuse aux traces d'un classement régulier qui apparaissent également ici. Rappelons tout d'abord que les groupes nettement indiqués par l'Anukramaṇī comprennent en général plus de deux hymnes. Remarquons ensuite que nous avons : 1° de 1 à 26, deux collections bien caractérisées de 7 hymnes, 1-7 et 20-26; 2° de 27 à 60, 6 collections de 3 hymnes, 27-29, 39-41 (Goshā et Suhastya Ghausheya), 42-44, 48-50, 51-53, 54-56. On entrevoit donc assez clairement, même ici, l'application du principe constaté de 61 à la fin du maṇḍala, c'est-à-dire les collections d'un même nombre d'hymnes formant des séries rangées en gradation descendante.

De plus, sur les six collections de 3 hymnes, les quatre premières, composées chacune d'hymnes adressés à une même divinité, sont classées intérieurement d'après le nombre des vers de chaque hymne en gradation descendante. La cinquième, 51-53, est composée d'hymnes dont l'ordre, d'après la théorie de M. Oldenberg[1], dépendrait d'un récit dont ils auraient fait partie. Dans la sixième, 54-56, les *deux* hymnes à Indra précéderaient régulièrement l'hymne *unique* aux Viçve devās en vertu du principe des séries divines, et il ne resterait d'autre irrégularité que le classement d'un hymne à Indra de 6 vers

[1] *Zeitschrift der deutschen morgenländischen Gesellschaft*, XXXIX, p. 71.

avant un autre hymne au même dieu de 8 vers (s'il ne faut pas plutôt considérer l'hymne 55 comme adressé aux Viçve devās, auquel cas tout rentrerait dans l'ordre, l'hymne à Indra, quoique unique, pouvant garder la préséance en vertu du principe consacré pour les maṇḍalas II-VII).

Les six collections sont elles-mêmes régulièrement rangées d'après le principe du nombre décroissant des vers du premier hymne :

27-29. Indra, 24, 12, 8.
39-41. Açvins, 14, 14, 3.
42-44. Indra, 11, 11, 11.
48-50. Indra Vaikuṇṭha, 11, 11, 7.
51-53. Agni et devās, 9, 6, 11.
54-56. Indra, 6, 8, Viçve devās, 7.

La collection de Kavasha Ailûsha, commençant à l'hymne 30, lequel a 15 vers, et se continuant par deux hymnes de 11 et de 9 vers, adressés à des divinités différentes, serait régulièrement classée, tant extérieurement qu'intérieurement, si elle ne comprenait que ces trois hymnes. L'Anukramaṇī attribue encore au même auteur l'hymne 33, et dubitativement l'hymne 34 : mais l'un et l'autre peuvent être, même pour des raisons intrinsèques, suspectés d'interpolation. Reste les hymnes 35 à 38, attribués, les deux premiers à un même auteur, et les deux derniers chacun à un auteur différent, qui pourraient former avec 33 et 34 un même paquet d'interpolations, puis les hymnes 45-46, l'hymne 47 et les hymnes des Gaupāyanās, 57-60. Les exceptions ne sont certainement pas négligeables : mais il n'en serait pas moins bien difficile d'attribuer au hasard la régularité qu'elles laissent subsister.

De 1 à 26, la collection la plus remarquable est celle des 7 hymnes de Vimada Aindra, 20-26, dont Grassmann a déjà reconnu la classification intérieure, exactement conforme à celle des maṇḍalas II-VII : Agni, 10, 8; Indra, 15, 7, 6 (ou plutôt 3); Soma, 11; Pūshan, 9. Le maṇḍala débute par une autre collection de 7 hymnes, 1-7, composés chacun de sept vers à Agni. Ces deux collections ne sont pas, l'une par rapport à l'autre, dans l'ordre qu'indiquerait le nombre de vers du premier hymne : on peut supposer que l'analogie des maṇḍalas II-VII a fait mettre en tête du maṇḍala X une collection composée uniquement d'hymnes à Agni. Quant aux hymnes 8-19, ils sont, pour la plupart, assez suspects d'interpolation; beaucoup sont des hymnes funéraires qui étaient mieux à leur place dans l'Atharva-Veda, où on les retrouve en effet[1].

Quoi qu'il en soit, il reste établi que le maṇḍala X présente des traces, manifestes de 61 à 191, et assez visibles encore de 1 à 60, d'une classification générale reposant sur le principe suivant : les collections d'hymnes attribués à un même auteur rangées en gradation descendante, d'abord d'après le nombre d'hymnes qu'elles contiennent, ensuite d'après le nombre de vers du premier hymne.

[1] Voir maintenant la *Note additionnelle*, p. 80.

D. Maṇḍala VIII.

L'ordonnance du maṇḍala VIII est une énigme qui m'a longtemps paru indéchiffrable. Aujourd'hui encore, je l'avouerai sans peine, les traces d'un classement régulier que j'ai cru y découvrir me paraissent beaucoup moins sûres que celles dont il a été question précédemment. Je n'ai pas cru pourtant devoir les passer sous silence. Il serait d'ailleurs étrange *à priori* que le maṇḍala VIII fût, au point de vue de l'ordre des hymnes, sans aucune analogie avec les autres, et particulièrement avec les maṇḍalas I et X.

Si l'on considère ce maṇḍala comme une unité, on voit immédiatement que les hymnes n'y sont groupés, ni d'après les divinités auxquelles ils sont adressés, comme dans les maṇḍalas II-VII, ni d'après les mètres, comme dans le maṇḍala IX. On est donc naturellement conduit à se demander, bien qu'ils soient attribués pour la plupart à des membres de la famille de Kaṇva, s'il n'y a pas lieu de considérer comme autant de collections distinctes, ainsi que dans le maṇḍala X, les hymnes attribués par l'Anukramaṇî à un même auteur.

Considérons d'abord à ce point de vue les collections que forment les sūktas, tels qu'ils nous sont donnés dans l'état actuel de la saṃhitā. Elles sont moins nombreuses que les sūktas isolés, et ne comprennent chacune qu'un petit nombre de sūktas, 4 ou 5 au plus, si on laisse de côté les hymnes Vālakhilya[1]. Ceux-ci, si l'on fait abstraction du onzième et dernier, sont rangés régulièrement d'après le nombre des vers, en gradation descendante. Il en est de même des sūktas composant les collections 14-15, 19-22, 23-26 (26 ayant reçu évidemment des additions), 39-42 (40 a certainement une queue de deux vers, voir Grassmann), 43-44, 49-50, 51-54 (hymnes du même nombre de vers), 57-58, 62-63, 65-67, 70-72 (hymnes du même nombre de vers), 78-79, 87-88. Font exception, abstraction faite des couples de sūktas 81-82, 84-85, dont l'attribution à un même auteur est douteuse d'après l'Anukramaṇī : 16-18, 27-31 (même en laissant de côté 29 dont l'attribution est douteuse), 35-38, 74-76 (à moins qu'on ne laisse de côté 75, dont l'attribution est douteuse). Les exceptions étant relativement peu nombreuses, nous pourrions être tentés de passer outre si l'habitude que nous avons prise, dans les maṇḍalas II-VII, de considérer comme autant d'hymnes distincts les strophes de 3 et de 2 vers[2], ne nous suggérait des analyses semblables pour le VIIIe maṇḍala, composé en très grande partie de pragāthas et de tṛcas de gāyatrīs.

Outre l'argument d'analogie, il en est un autre

[1] Nous conservons le numérotage des hymnes en faisant abstraction de cette collection.

[2] Qu'elles soient ou non connexes, voir p. 7. Il y aurait, d'ailleurs, à vérifier si les strophes du maṇḍala VIII ne pourraient pas plus souvent que ne le pense M. Oldenberg (*Zeitschrift*, XXXVIII, p. 463) être considérées comme des hymnes distincts.

qu'il convient de produire immédiatement, pour ce qu'il pourra valoir, en faveur de ces analyses.

Au delà de la coupure marquée par l'interpolation des hymnes Vālakhilya, on a, de 49 à 64, une succession de sūktas composés pour la plupart de strophes pragāthas et de gāyatrīs qui peuvent être groupées en tricas, le plus souvent d'après les indications conformes du Sāma-Veda. Si l'on compte ces strophes pour autant d'hymnes distincts, on obtient une succession d'hymnes qui, d'après les indications fournies par l'Anukramaṇī sur leurs auteurs, forment 10 collections groupées, sauf deux exceptions successives et peut-être seulement apparentes, d'après le nombre des hymnes de chacune d'elles en gradation descendante :

49-50. Bharga Prāgātha. 19 hymnes de 2 vers (pragātha). 10 à Agni, 9 à Indra.

51-54. Pragātha Kāṇva. 12 hymnes à Indra. 1 sūkta de 12 vers dont l'unité paraît attestée par l'emploi d'un refrain unique, et 11 hymnes de 3 gāyatrīs (dont 3 commençant par une anushṭubh, sont en tête des autres). Les vers 54, 10-12 sont une dānastuti à retrancher.

55. Kali Prāgātha. 7 hymnes de 2 vers (pragātha, plus un vers ajouté), à Indra.

56. Matsya Sāmmada, 7 hymnes de 3 vers (gāyatrī) aux Ādityas.

57-58. Priyamedha Āṅgirasa, 5 hymnes à Indra de 3 vers (gāyatrī, dont 4, commençant par une anushṭubh, sont placés en tête). Cette collection peut sembler embarrassante à première vue. Cependant la suppression de la dānastuti 13-19 ne fait pas difficulté à la fin du sūkta 57, et dans le sūkta composite 58, la seule partie non suspecte est le trica de gāyatrī 4-6, tout le reste rompant la succession métrique, et les trois premiers vers, dont le rejet pourrait sembler plus aventureux, n'étant pas même adressés à Indra, mais bien à Soma. C'est d'ailleurs la fin de l'anuvāka.

59. Puruhanman Āṅgirasa. 5 hymnes à Indra. 3 pragātha. Les trois derniers vers du sūkta, qui en a 15, sont une dānastuti à retrancher. Les six brihatīs qui restent forment nettement 2 tricas.

60. Sudīti Āṅgirasa. 6 hymnes à Agni, 3 de 3 vers (gāyatrī) et 3 de 2 vers (pragātha).

61. Haryata Prāgātha. 6 hymnes[1] de 3 vers (gāyatrī), réunis en un sūkta que l'Anukramaṇī assigne à Agni.

62-63. Gopavana Ātreya. 5 hymnes. 1 gāyatrī, de 18 vers, aux Açvins (le refrain unique de ce sūkta, dont aucune partie d'ailleurs ne se retrouve dans le Sāma-Veda, montre bien qu'il ne forme qu'un seul hymne). 4 gāyatrī à Agni, de 3 vers (commençant par une anushṭubh; les 3 derniers vers du sūkta 63 sont une dānastuti à retrancher).

64. Virūpa Āṅgirasa. 5 hymnes à Agni, de 3 vers (gāyatrī; un dernier vers ajouté).

Les deux collections qui semblent rompre la série, 60 et 61, n'ont qu'un seul hymne de plus que celles qui les précèdent et celles qui les suivent. L'addition d'un hymne, c'est-à-dire d'une strophe, à la fin de chacune d'elles, quoique non trahie ici par une différence métrique, n'a évidemment rien d'impossible.

Les dix collections qui vont de 49 à 64 ont laissé

[1] La division du sūkta en 6 parties paraît sûre. Grassmann le divise en 2 seulement, 1-6 et 7-18. Mais dans la seconde, le trica 9-12 est suffisamment déterminé par la répétition du mot *avatá*, et le trica 13-15 par sa reproduction dans l'Uttarārcika : reste deux tricas, l'un au commencement, l'autre à la fin. Dès lors, il devient bien naturel de séparer aussi deux tricas dans la « première partie ».

voir, malgré deux exceptions apparentes, un ordre de succession régulier, dès que nous avons appliqué la méthode de décomposition, et cela avec une entière conséquence. Car pour l'hymne 62, nous avions une raison de ne pas tenter l'analyse. C'est avec la même conséquence que nous avons retranché les dānastutis, et les tricas qui rompaient la succession métrique régulière. Bref, il ne faut peut-être pas attribuer au hasard seul l'ordre que nous avons constaté du sūkta 49 au sūkta 64. Cet ordre d'ailleurs serait moins parfait que celui des maṇḍalas II-VII, et même que celui du maṇḍala X, en ce que les collections du même nombre d'hymnes semblent rangées indifféremment, et en tout cas sans égard au nombre des vers du premier hymne. Il faut ajouter pourtant que les collections sont, à l'intérieur, régulièrement classées, dans les cas où la question se pose, d'après le nombre de vers de chaque hymne (sauf dans 59), ou d'après le nombre d'hymnes adressés à chaque dieu.

Essayons maintenant l'application des mêmes procédés d'analyse aux collections de sūktas non comprises dans la succession reconnue. Dans celles dont l'indication va suivre, l'analyse, suggérée presque toujours par le Sāma-Veda, donne une succession intérieure qui ne contrarie pas, dans les deux cas où la question se pose (39-42, 87-88), le principe du nombre de vers; elle fait reconnaître en outre d'autres principes qui seront déterminés plus loin :

14-15. 9 hymnes à Indra, de 3 vers. 5 gāyatrī, 4 ushṇih (et un vers ajouté).

19-22. 45 hymnes de 2 vers. 16 hymnes à Agni (pragātha de kakubh, et quatre vers ajoutés). 13 hymnes aux Maruts (pragātha de kakubh). 8 hymnes à Indra (*id.*, et 2 vers ajoutés, dānastuti). 8 hymnes aux Açvins, savoir : 3 pragātha de bṛihatī, plus deux vers ajoutés, et 5 pragātha de kakubh.

23-26. 30 hymnes de 3 ushṇih. 9 à Agni, 9 à Indra, 7 à Mitra et Varuṇa (plus une dānastuti, après chacune des trois séries); 5 aux Açvins (plus une queue de dix vers, irrégulièrement groupés).

39-42. 5 hymnes. 1 de 10 vers (mahāpaṅkti) à Agni; 1 de 10 vers (*id.* plus deux vers ajoutés), à Indra et Agni; 2 à Varuṇa, l'un de 10 vers (*id.*), l'autre de 3 vers (trishṭubh); 1 de 3 vers (anushṭubh) aux Açvins.

43-44. 21 hymnes de 3 gāyatrīs à Agni.

49-50. 19 hymnes de 2 vers (pragātha). 10 à Agni, 9 à Indra.

65-67. 10 hymnes de 3 vers (gāyatrī) à Indra; vers ajoutés : deux au second sūkta, un au troisième.

70-72. 9 hymnes de 3 gāyatrīs. 6 à Indra, 3 aux Viçve devās.

78-79. 5 hymnes à Indra, de 2 vers (pragātha, retrancher à la fin de 78 une queue de 3 vers, en mètres différents).

87-88. 8 hymnes à Indra. 4 de 3 vers (ushṇih) et 4 de 2 vers (pragātha).

Dans la collection 39-42, les 3 premiers hymnes, chacun de 10 mahāpaṅktis à Agni, Indra et Agni, Varuṇa (le second, après suppression des deux vers de mètres différents), doivent rester intacts; l'unité en paraît démontrée par un refrain commun à tous les vers. Le quatrième seul se divise naturellement en 2 hymnes, l'un de 3 trishṭubhs, à Varuṇa, l'autre de 3 anushṭubhs, aux Açvins.

Ainsi, les collections qui paraissaient régulièrement classées sans analyse, se trouvent n'être pas moins régulières après analyse. Quant à celles qui faisaient exception, elles prennent une régularité dont nous préciserons plus loin les principes[1] :

16-18. 15 hymnes. 8 hymnes à Indra, de 3 vers (gāyatrī), avec addition d'une dānastuti, suivie de 2 vers à rejeter également. 7 hymnes de 3 ushṇih aux Ādityas (plus un vers ajouté).

35-38. 12 hymnes. 8 de 3 vers aux Açvins, 7 uparishṭājjyotis, 1 paṅkti; 2 à Indra de 6 vers (avec refrain commun et un vers ajouté), l'un en çakvarī, l'autre en jagatī (mal accentuée, mahāpaṅkti selon l'Anukramaṇī). 2 à Indra et Agni de 3 vers (gāyatrī, et quatre vers ajoutés; pour le tṛica 7-9, cf. la mention de Çyāvāçva dans les queues des deux hymnes précédents).

74-76. 5 hymnes aux Açvins. A la fin, 3 hymnes de 2 vers (pragātha). Au milieu, 1 hymne de 3 jagatīs à refrain commun, suivi de deux vers ajoutés. Le premier sūkta, de 9 gāyatrīs à refrain commun ne doit pas être décomposé.

Reste la collection 27-31, aux Viçve devās, au milieu de laquelle se trouve d'ailleurs un hymne d'attribution douteuse d'après l'Anukramaṇī, 29. Le seul sūkta d'analyse facile est le premier, formé de 11 strophes pragāthas. Après des hymnes de 2 vers, on ne pourrait attendre que d'autres hymnes de 2 vers, qu'il est impossible de tirer des sûktas suivants. La collection reste très irrégulière (si l'on ne prend pas le parti violent de rejeter 4 sūktas sur 5); mais l'exception est unique.

[1] Sur l'ordre de 35-38, en particulier, voir plus bas, p. 58.

La résolution analogue des sūktas isolés (non analysés déjà comme ceux de la succession 49-64), en collections de petits hymnes attribués à un même auteur, donne les résultats ci-après. Nous passerons d'abord en revue les sūktas de 1 à 48, en reproduisant les résultats déjà obtenus pour les collections de sūktas.

1. A Indra. 2 pragāthas, puis, avant les dānastutis à retrancher (30-33, suivies d'une autre addition d'un vers). 25 bṛihatīs qu'il paraît très difficile de grouper en tṛicas. *Collection irrégulière.*

2. 13 hymnes de 3 vers (gāyatrī) à Indra, suivis d'une queue de 3 vers (dānastuti).

3. 10 hymnes de 2 vers (pragātha), à Indra, suivis d'une dānastuti de 4 vers.

4. 9 hymnes de 2 vers (pragātha). 7 à Indra, 2 à Pūshan, avec trois vers ajoutés (dānastuti).

5. 12 hymnes de 3 vers (gāyatrī), aux Açvins, suivis d'une dānastuti de 3 vers.

6. 15 hymnes de 3 vers (gāyatrī), à Indra, suivis d'une dānastuti de 3 vers.

7. 12 hymnes de 3 vers (gāyatrī), aux Maruts.

8. 7 hymnes de 3 vers (anushṭubh), aux Açvins, plus deux vers ajoutés? Aucune indication dans le Sāma-Veda; mais l'analyse paraît assez naturelle.

9. Sūkta composite aux Açvins comprenant 21 vers de différents mètres. *Collection très irrégulière.* Il n'y a rien à tirer de la division de cet hymne dans le XXe kāṇḍa de l'Atharva-Veda. C'est la division artificielle et tardive en vargas, dont on retrouve d'autres traces encore dans ce kāṇḍa très postérieur aux autres.

10. Sūkta aux Açvins, également composite, de 6 vers en mètres différents : *Collection irrégulière.*

11. 3 hymnes à Agni de 3 vers (gāyatrī), avec un vers ajouté.

12. 11 hymnes à Indra de 3 vers (ushṇih).

13. 11 hymnes à Indra, également de 3 vers (ushṇih).

14-15. 9 hymnes à Indra de 3 vers. 5 gāyatrī, 4 ushṇih.

16-18. 15 hymnes de 3 vers. 8 à Indra (gāyatrī), 7 aux Ādityas (ushṇih).

19-22. 45 hymnes de 2 vers. 16 à Agni (pragātha de kakubh), 13 aux Maruts, *id.*, 8 à Indra, *id.*, 8 aux Açvins, dont 3 pragātha de bṛihatī et 5 pragātha de kakubh.

23-26. 30 hymnes de 3 ushṇihs. 9 à Agni, 9 à Indra, 7 à Mitra et Varuṇa, 5 aux Açvins.

27-31. *Collection irrégulière,* dont on ne pourrait retenir que 11 hymnes de 2 vers aux Viçve devās.

32. 10 hymnes de 3 vers (gāyatrī), à Indra[1].

33. 6 hymnes de 3 vers à Indra. 5 bṛihatī, 1 gāyatrī (suspect), plus un vers ajouté.

34. 1 hymne à Indra, de 15 anushṭubhs (avec refrain commun), suivi de 3 gāyatrīs (dānastuti).

35-38. 12 hymnes. 8 de 3 vers aux Açvins, 7 uparishṭājjyotis, 1 paṅkti. 2 de 6 vers à Indra, l'un en çakvarī, l'autre en jagatī; 2 de 3 vers à Indra et Agni, (gāyatrī).

39-42. 5 hymnes. 1 de 10 vers (mahāpaṅkti) à Indra, 1 de 10 vers (*id.*) à Indra et Agni, 2 à Varuṇa, l'un de 10 vers (*id.*), l'autre de 3 vers (trishṭubh), 1 de 3 vers (anushṭubh) aux Açvins.

43-44. 21 hymnes de 3 vers (gāyatrī) à Agni.

45. 14 hymnes de 3 vers (gāyatrī) à Indra.

46. Sūkta composite de 33 vers, à Indra et autres, des mètres les plus différents. *Collection irrégulière.*

47. Sūkta régulièrement composé de 18 mahāpaṅktis, aux Ādityas, mais dont l'analyse ne doit pas être tentée à cause du refrain commun à tous les vers.

48. Sūkta à Soma de 15 trishṭubhs (sauf le vers 5 qui est une jagatī). Rien n'en suggère l'analyse.

[1] Sur la disposition des tṛicas, voir Oldenberg, *Zeitschrift,* XXXVIII, p. 470-471.

Ces trois derniers sūktas, placés d'ailleurs devant l'interpolation certaine des hymnes vālakhilyas, seront donc à bon droit suspects. Remarquons à ce propos que les hymnes vālakhilyas, régulièrement rangés, sauf le dernier, d'après leur longueur actuelle, ne peuvent être non plus décomposés : la comparaison du premier et du second, du troisième et du quatrième, suffit pour écarter toute idée d'analyse.

Avant l'hymne 46, nous avons constaté 4 collections irrégulières, 1, 9, 10 et 27-31, tandis que nous n'en avions trouvé aucune de 49 à 64, après cette longue interpolation. Mais surtout, nous ne trouvons jamais avant la même interpolation plus de 3 collections successives, intérieurement régulières, et en gradation régulière descendante (d'après le nombre des hymnes), 2-4, 6-8, 12-15, 32-34. La gradation ascendante elle-même ne donnerait rien de plus, 4-6, 11-13, 14-22. Remarquons enfin que les sauts sont très brusques, et qu'on n'obtiendrait rien non plus en retranchant un ou deux hymnes à telle ou telle collection.

Achevons notre revue du VIIIe maṇḍala, en analysant les sūktas isolés qui en sont susceptibles, et en reproduisant les analyses auxquelles nous avons soumis déjà les collections de deux ou plusieurs sūktas.

65-67. 10 hymnes de 3 vers (gāyatrī) à Indra.

68. 3 hymnes de 3 vers (gāyatrī sauf le dernier vers), à Soma.

69. 3 hymnes de 3 vers (gāyatrī, plus un vers ajouté), à Indra.

70-72. 9 hymnes de 3 vers (gāyatrī) : 6 à Indra, 3 aux Viçve devās.

73. 3 hymnes de 3 vers (gāyatrī) à Agni.

74-76. 5 hymnes aux Açvins ; 1 de 9 vers (gāyatrī) ; 1 de 3 vers (jagatī) ; 3 de 2 vers (pragātha).

77. 3 hymnes de 2 vers (pragātha) à Indra.

78-79. 5 hymnes de 2 vers (pragātha) à Indra.

80. Sūkta composite de 7 vers, dont 2 paṅktis et 5 anushṭubhs. *Irrégulier.*

81-82. Chacun 11 hymnes de 3 vers (gāyatrī) à Indra (avec un vers ajouté au second) ; 22 hymnes en tout, si on en fait, comme le permet l'Anukramaṇī, une collection unique.

83. 4 hymnes de 3 vers (gāyatrī) aux Maruts.

84-85. Deux sūktas à Indra. Dans l'un, 3 hymnes de 3 vers (anushṭubh) ; dans l'autre, 7 hymnes de 3 vers (trishṭubh). Nous verrons que les hymnes trishṭubh devraient précéder, toutes choses égales d'ailleurs, les hymnes anushṭubh. Il vaudra donc mieux faire deux collections distinctes de ces deux sūktas, dont la réunion est permise, mais non imposée par l'Anukramaṇī.

86. 3 hymnes de 3 vers (bṛihatī) à Indra, suivis d'une queue de 6 vers de mètres différents ; le vers 13 se retrouve dans l'Indrapuccha.

87-88. 8 hymnes à Indra ; 4 de 3 vers (ushṇih) et 4 de 2 vers (pragātha).

89. 2 hymnes à Indra, l'un de 6 trishṭubhs, qu'on ne peut diviser (voir 3 et 4), l'autre de3 anushṭubhs, suivis d'une queue de 3 vers, ou, si l'on veut, d'un 4e hymne, aux Viçve devās (?).

90. 6 hymnes de 2 vers (pragātha), aux Viçve devās, suivis d'une queue de quatre vers en mètres différents.

91. 7 hymnes de 3 vers (gāyatrī) à Agni, avec un vers ajouté.

92. Sūkta composite à Agni, dont nous pouvons d'autant mieux différer l'analyse qu'il est suspect par le fait seul de la place qu'il occupe à la fin du maṇḍala.

Avec celui-ci, nous n'avons eu à signaler d'irrégulier que le sūkta 80. Mais après la succession 49-64, comme avant, nous ne retrouvons plus entre les collections aucune gradation régulière, descendante ou ascendante, car on ne peut évidemment s'arrêter à des successions de trois collections, comme 81-84 d'une part, ou 89-91 de l'autre.

Ainsi, en dehors de la succession 49-64, les collections ne présentent qu'une régularité intérieure. Mais cette régularité est digne de remarque. Insistons pour la préciser, comme nous l'avons promis.

Elle ne consiste pas uniquement dans le classement des hymnes d'après le nombre de leurs vers, en gradation descendante. Ce principe semble pourtant ici le premier appliqué. Il ne l'est pas seulement quand il ne se trouve en conflit avec aucun autre, 51-54, 89. Il paraît l'emporter sur celui qui concerne les séries d'hymnes adressés à la même divinité, 39-42 et 62-63, tout comme sur celui qui règle la préséance des mètres, 60, 87-88. Dans les collections que nous avons qualifiées d'irrégulières, 1, 9, 10, 27-31 [1], s'il est violé, on ne voit pas que ce soit au profit d'aucun autre principe d'ordre numérique, ni de celui de la préséance consacrée dans les maṇḍalas II-VII pour Agni et Indra. Cependant, il faut remarquer que dans la collection de strophes à Indra qui compose le sūkta 59, les

[1] La réunion des 2 paṅktis et des 5 anushṭubhs qui composent le sūkta 80 est trop suspecte pour qu'il y ait lieu de s'arrêter au principe de la préséance des mètres.

3 hymnes en pragātha (2 vers) précèdent les 2 hymnes en bṛihatī (3 vers), peut-être par application du principe qui règne dans le maṇḍala IX. De plus, dans 35-38, si l'on recule, comme nous l'avons fait pour être conséquent, devant une analyse des sūktas à refrain commun, 36 et 37, on devra admettre que le principe concernant les séries d'hymnes adressés aux mêmes divinités l'a emporté, de même que dans les maṇḍalas II-VII.

Ce principe est que les séries composées d'hymnes adressés aux mêmes divinités sont rangées d'après le nombre d'hymnes qu'elles renferment, en gradation descendante. Le fait qu'il cède, sauf dans le dernier exemple cité, au principe du classement des hymnes d'après leur longueur, 39-42, 62-63, constitue une première différence avec le classement usité dans les maṇḍalas II-VII, où cet autre principe n'est appliqué qu'en second lieu. Une seconde différence consiste en ce que la préséance assurée en tout cas dans ces maṇḍalas à Agni et à Indra est sacrifiée au principe du nombre des hymnes, appliqué avec une rigueur absolue. Ainsi, non seulement 4, 7 Indra, 2 Pūshan; 16-18, 8 Indra, 7 Ādityas; 23-26, 9 Agni, 9 Indra, 7 Mitra et Varuṇa, 5 Açvins; 49-50, 10 Agni, 9 Indra; 70-72, 6 Indra, 3 Viçve devās; 89, 2 Indra, 1 Viçve devās (?); mais encore, 19-22, 16 Agni, 13 *Maruts*, 8 *Indra*, 8 Açvins; 35-38, 8 *Açvins*, 2 *Indra*, 2 Indra et Agni.

Quand il a été satisfait, 1° au principe du nombre de vers de chaque hymne, 2° à celui du nombre d'hymnes composant les séries adressées aux mêmes divinités, appliqué sans aucune exception, même en faveur d'Indra, on voit intervenir, comme nous l'avions annoncé dans la première partie, p. 23, le principe de la préséance des mètres :

22. 3 pragātha de bṛihatī, 5 pragātha de kakubh.
33. 5 bṛihatī, 1 gāyatrī.
36-37. 1 çakvarī, 1 jagatī (ou mahāpaṅkti).

L'uparishṭājjyotis paraît l'emporter sur la paṅkti, 35.

On ne trouvera à relever qu'une exception véritable, 14-15, où les hymnes en gāyatrī précèdent les hymnes en ushṇih, peut être parce qu'ils sont plus nombreux, selon le principe du maṇḍala IX [1]. Toutes les autres exceptions apparentes portent sur des fragments suspects à divers titres. Ce n'est donc pas sans raison que nous nous sommes à l'avance appuyés sur le principe de la succession métrique pour ne garder du sūkta 58 qu'un tṛica de gāyatrī, p. 48-49 [2].

En somme, les nombreuses petites collections (57, sans les hymnes Vālakhilya), dont se compose le maṇḍala VIII, qu'elles soient réunies en un ou plusieurs sūktas, sont, à part un nombre d'excep-

[1] Cf. plus haut le sūkta 59, p. 57. En somme 33 et 35 pourraient s'expliquer de même, et les deux principes paraissent avoir été appliqués tour à tour, ce qui ne peut étonner dans un maṇḍala fait en grande partie de pièces de rapport, comme ce maṇḍala VIII.

[2] Il ne peut être question ici de l'autre principe.

tions tout à fait insignifiant, classées régulièrement d'après des principes communs, mais différents de ceux qui ont réglé le classement des maṇḍalas II-VII sur deux points : séries principales formées d'après le nombre des vers, et, pour les séries d'hymnes adressés aux mêmes divinités, classification rigoureuse d'après le nombre des hymnes sans exception en faveur des hymnes à Agni ou à Indra.

Quant aux collections elles-mêmes, elles ne paraissent rangées d'après un principe d'ordre numérique que depuis l'hymne 49 jusqu'à l'hymne 64 inclus. Mais cette succession, comprenant 10 collections (si l'on admet notre explication pour 60 et 61), n'est peut-être pas l'effet du hasard [1]. Il ne sera pas inutile d'insister sur le fait que toutes ces collections appartiennent bien à autant d'auteurs distincts. Au contraire, dans l'ensemble du maṇḍala, bien des collections séparées les unes des autres sont attribuées à un même auteur, ce qui est un désordre de plus.

E. Maṇḍala I.

Des 15 collections, attribuées à autant d'auteurs différents, que renferme le maṇḍala I, il en est deux qui se composent d'hymnes adressés, comme ceux du maṇḍala IX, à une seule et même divinité, Indra d'une part, Agni de l'autre.

La collection d'hymnes à Indra, 51-57, est de plus tout entière dans le même mètre. Il ne reste donc

[1] Voir maintenant la *Note additionnelle*, p. 80.

d'autre principe de classement que celui du nombre des vers, effectivement suivi. Les hymnes de la collection consacrée tout entière à Agni, 65-73, ont au contraire tous le même nombre de vers, 10, excepté 70, dont le 11e et dernier vers doit être une addition faite après le classement. Les 6 premiers hymnes sont en dvipadā virāj; les 3 derniers en trishṭubh. Le premier mètre étant plus court que le second, il est clair que le principe du classement, s'il y en a un, ne peut être que celui des séries métriques, suivi dans le maṇḍala IX. Les hymnes en dvipadā précèderaient les hymnes en trishṭubh, parce qu'ils sont 6 contre 3.

Trois autres collections au moins, peut-être cinq, doivent au contraire être rapprochées de celles qui composent le maṇḍala VIII. La remarque a été faite déjà[1] pour 12-23, 36-43 et 44-50. Non seulement ces trois collections sont attribuées à des membres de la famille de Kaṇva, comme la plupart de celles du VIIIe maṇḍala, mais elles sont pareillement composées, la première et la seconde exclusivement (les 6 derniers vers du sūkta 23 doivent être rejetés[2]), la troisième principalement, d'hymnes en strophes pragāthas ou en tṛcas de gāyatrīs, dont il faudra peut-être encore faire autant d'hymnes distincts. Or, la gāyatrī est pareillement le mètre dominant dans les collections 1-11 et 24-30.

[1] Par Grassmann, dans sa traduction, et par M. Oldenberg, *Zeitschrift der deutschen morgenländischen Gesellschaft*, XXXVIII, p. 448.

[2] Voir plus bas, p. 62.

Il ne peut cependant être question de décomposer en hymnes de 3 vers tous les sūktas de la collection 12-23 par exemple. L'hymne āprī, 13, résiste naturellement, ainsi que l'hymne 15, aux Viçve devās (*ṛitudevatās* d'après l'Anukramaṇī). On ne pourrait donc analyser 12 et 14 sans détruire l'ordre régulier que les sūktas présentent sous leur forme actuelle. Nous respecterons aussi les suivants et réserverons l'analyse pour les deux longs hymnes de la fin. Nous obtenons ainsi :

3 hymnes à Agni (y compris l'hymne āprī), de 12 vers.
1 hymne aux Viçve devās (ṛitudevatās), 12 vers [1].
1 à Indra, 9 vers.
1 à Indra et Varuṇa, 9.
1 à Bṛihaspati, etc., 9.
1 à Agni et aux Maruts, 9.
1 aux Ṛibhus, 8.
1 à Indra et Agni, 6.
1 aux Açvins, 4.
1 à Savitar, 4.
1 aux Épouses des dieux, 4.
1 au Ciel et à la Terre, 3.
2 à Vishṇu, de 3 vers chacun.
1 à Vāyu, 3 vers.
1 à Mitra et Varuṇa, 3.
1 à Indra et aux Maruts, 3.
1 aux Maruts, 3,
1 à Pūshan, 3.
1 aux Eaux, 3.

Les 6 derniers vers (dont 5 encore adressés aux

[1] La régularité subsiste si l'on admet l'attribution de 14 (le troisième hymne à Agni) aux Viçve devās.

Eaux, en mètres différents) sont évidemment une addition.

Comme on le voit par la liste précédente, les hymnes sont rangés simplement d'après le nombre des vers, non seulement les *ritudevatās* avant Indra, mais une série de deux hymnes à Vishṇu (et peut-être une autre de 2 hymnes aux Maruts, accompagnés ou non d'Indra) au milieu des hymnes isolés. C'est, comme dans le maṇḍala VIII, le principe dominant du nombre de vers, non précédé par celui des séries divines.

Au contraire, le groupement par divinités est le premier principe suivi dans la collection 44-50. Ici les sūktas, composés d'ailleurs principalement de pragāthas, doivent être analysés; car dans l'état actuel, et d'après les principes des maṇḍalas II-VII, par exemple, on ne s'expliquerait pas la place des 2 hymnes à l'Aurore, dont le premier a 16 vers parfaitement authentiques, après les 2 hymnes aux Açvins, dont le premier n'a que 15 vers. Voici le classement après analyse :

8 ou 10 hymnes à Agni, savoir : 7 de 2 vers (pragātha), et selon qu'on analyse ou non le suivant (en retranchant le dernier vers dans le cas de l'affirmative), 1 hymne de 10 ou 3 hymnes de 3 anusṭubhs[1].

[1] Les strophes de 2 anushṭubhs, supposées par Grassmann, sont de pure fantaisie. Selon l'avis de M. Oldenberg, *Zeitschrift*, XXXVIII, p. 453, toute strophe autre qu'un pragātha se compose de 3 vers, ni plus, ni moins.

10 hymnes aux Açvins, savoir : 5 de 3 vers (gāyatrī), et 5 de 2 vers (pragātha).

9 hymnes à l'Aurore, savoir : 8 hymnes de 2 vers (pragātha) et 1 de 4 vers (anushṭubh).

Au plus, 4 hymnes à Sūrya, savoir : 3 hymnes de 3 vers (gāyatrī), 1 hymne de 4 vers (anushṭubh; l'analogie des séries précédentes ne nous laisse aucune raison *extrinsèque* de rejeter ce dernier).

Comme on le voit, et contre l'usage suivi, au moins deux fois contre une, dans le maṇḍala VIII, le principe des séries divines l'emporte sur le principe rigoureux du nombre des vers. Mais à l'intérieur de ces séries, qui se suivent régulièrement, on ne retrouve pas non plus ce dernier principe, si ce n'est dans la seconde. L'analogie serait donc moindre encore avec les maṇḍala II-VII. On croit retrouver le principe des séries métriques du maṇḍala IX : 7 pragātha avant 1 ou 3 anushṭubh; 8 pragātha avant 1 anushṭubh; 3 gāyatrī avant 1 anushṭubh. Peut-être y a-t-il d'ailleurs dans les petites collections 14-15 et 59 du maṇḍala VIII, une trace de ce principe (au contraire, la collection VIII, 19-22, dans les mêmes conditions, fait précéder le mètre le plus long).

Dans la collection tout à fait analogue 36-43, domine également le principe du nombre des hymnes composant les séries divines, avec une exception, ici tout à fait certaine, en faveur d'Agni. La collection se trouve entièrement conforme aux principes des maṇḍalas II-VII. Mais il faut remarquer que dans la seule série divine où il y ait lieu d'appliquer un second principe, celui du nombre des vers se trouve d'accord avec celui des séries métriques. L'analogie parfaite de cette collection avec la précédente doit nous disposer à croire que c'est le second qui a été volontairement appliqué.

Voici le classement, après analyse : 10 hymnes de 2 vers à Agni; 15 hymnes aux Maruts, savoir 10 gayatrī (de 3 vers) et 5 pragātha (de 2 vers); 4 à Brahmaṇaspati, de 2 vers; 3 aux Ādityas, de 3 vers; 3 à Pūshan, de 3 vers (avec un vers ajouté); 2 à Rudra, de 3 vers, 1 à Soma, de 3 vers.

Le principe des séries métriques semble se trahir aussi dans la collection 1-11, où deux sūktas anushṭubh de 12 et 8 vers font suite à 9 sūktas gāyatrī de 9, 12 et 10 vers, divisibles peut-être, le premier, le second et les six derniers (ceux-ci avec retranchement du vers final), chacun en 3 hymnes, le troisième en 4 hymnes distincts, ce qui ferait un total de 28 hymnes. L'analyse paraît s'imposer pour les sūktas 2 et 3. Mais on ne sait comment expliquer une succession de 1 ou 3 hymnes à Agni, 7 hymnes à divers dieux, y compris Indra lui-même, 6 ou 18 hymnes à Indra. Remarquons pourtant que cette collection assez courte a été divisée en 3 anuvākas, dont le premier finit justement après le sūkta 3, avant la série des sūktas à Indra. Peut-être avons nous là deux collections primitivement différentes, qui seraient alors régulièrement classées, la seconde d'après le principe du maṇḍala IX.

Quant à la collection 24-30, où la gāyatrī domine également, elle paraît tout à fait informe[1].

Ainsi, les sept collections examinées jusqu'à présent, ou sont irrégulières, ou sont ordonnées d'après des principes en partie différents des principes suivis dans les maṇḍalas II-VII.

Ordre parfait, mais peu significatif, dans la petite collection 31-35, en mètres jagatī et trishṭubh, également régulière d'après les principes des maṇḍalas II-VII, et d'après celui du nombre des vers observé d'un bout à l'autre de la collection : 18 vers à Agni; 15 vers à Indra; encore 15 vers à Indra; 12 vers aux Açvins; 11 vers à Savitar.

Dans les sept autres collections règnent, en premier lieu, le principe des séries divines, en second lieu, celui du nombre de vers.

Mais l'une au moins, 165-191, applique le premier de ces principes rigoureusement, d'après le nombre d'hymnes de chaque série, sans tenir compte de la préséance d'Agni et d'Indra, consacrée pour les maṇḍalas II-VII. Voici le classement : 9 hymnes aux *Maruts* (sūktas 165-172, dont l'avant-dernier doit être divisé en 2); 6 hymnes à *Indra*, 173-178 (suivis d'un hymne interpolé à la fin de l'anuvāka, 179); 5 hymnes aux Açvins, 180-184; 5 ou 6 hymnes isolés, exactement rangés d'après le nombre des vers, y compris l'hymne unique à *Agni*, 189 (le dernier hymne, 191, est une addition,

[1] Voir maintenant la *Note additionnelle*, p. 80.

et 187 est suspect à cause de sa composition peu homogène).

Les hymnes à Agni de la collection 140-164, qui d'ailleurs ne comprend aucun hymne à Indra, sont en tête, sans qu'on puisse décider si c'est en vertu de leur droit de préséance, ou simplement parce qu'ils sont les plus nombreux. La collection se compose de 11 hymnes à Agni, 140-150 (y compris l'hymne āprī, 142); 3 hymnes à Mitra et Varuṇa, 151-153, dont le premier a 9 vers; 3 hymnes à Vishṇu, 154-156, dont le premier a 6 vers; 2 hymnes aux Açvins, 157-158, dont le premier a 6 vers; 2 hymnes au Ciel et à la Terre, 159-160, dont le premier a 5 vers; 1 hymne isolé aux Ṛibhus, 161; (les trois derniers hymnes, 162-164, sont des additions).

La collection 116-126, non moins régulièrement classée d'après les deux principes des séries divines et du nombre des vers, ne comprend aucun hymne à Indra, ni à Agni: 6 hymnes aux Açvins, 116-120 (120 est une réunion de deux hymnes de 9 et 3 vers[1]): 2 aux Viçve devās, dont le premier a 15 vers; 2 à l'Aurore, dont le premier à 13 vers; enfin 2 hymnes de 7 vers, régulièrement classés, soit comme série, soit comme hymnes isolés, s'ils ne sont pas des additions comme le suppose Grassmann.

Des quatre collections non encore étudiées, deux suivent les mêmes principes, et de plus trahissent clairement la préséance attribuée à Agni.

[1] Voir Oldenberg, article cité, p. 475.

L'une est très courte, 58-64. Elle comprend : 3 hymnes à Agni, 58-60, dont le premier a 9 vers seulement; 3 hymnes à Indra, 61-63, dont le premier a 16 vers; 1 hymne aux Maruts.

La seconde, 127-139, n'est pas beaucoup plus longue, et est tout entière dans le même mètre (atyashṭi) : 2 hymnes à Agni, 127-128; 4 hymnes à Indra, 129-132, dont le premier a 11 vers (Grassmann rejette 132 aussi bien que 133; celui-ci seul peut l'être pour des raisons extérieures : le nombre des vers et l'emploi de mètres différents); 4 hymnes à Vāyu et Indra et Vāyu, dont le premier a 6 vers (deux sūktas, 134-135, dont le second commence par un trica à Vāyu seul, et se termine par 6 vers à Indra et Vāyu, dont les trois premiers sont, dans le rituel, séparés des suivants et réunis aux précédents, *Āçvalāyana*, VIII, 1, 12); 2 hymnes à Mitra et Varuṇa, 136-137; 1 hymne isolé à Pūshan, 138 (le dernier hymne, 139, aux Viçve devās, a dû être ajouté après coup).

Nous avons gardé pour la fin les deux collections comprenant, l'une les hymnes 94-115 (sauf 99 et 100 rapportés par l'Anukramaṇī à d'autres auteurs?), l'autre les hymnes 74-93, et attribuées respectivement à Kutsa et à Gotama. On y reconnaît les mêmes principes de classification. Seul, celui de la préséance d'Agni et d'Indra n'y peut être démontré, parce que les hymnes adressés à ces dieux y sont plus nombreux que les autres, et les hymnes à Agni plus nombreux que ceux à Indra : ce n'est pas une raison de croire, non plus que pour plusieurs des maṇḍalas II-VII, qu'il fût ignoré de leurs diascévastes. Elles se distinguent par leur longueur (et par la variété de leurs mètres) des petites collections examinées en dernier lieu, et des deux grandes, 140-164, 165-191, par le fait que celle-ci méconnaît la préséance d'Indra et celle d'Agni (qui n'y a qu'un seul hymne d'ailleurs), et que celle-là ne renferme pas un seul hymne à Indra. Bref, elles sont seules exactement comparables aux maṇḍalas II-VII.

Celle de Kutsa, 94-115 (moins 99 et 100?), comprend 20 ou 22 hymnes, savoir : 5 hymnes à Agni (ou 6 avec l'hymne 99); 4 hymnes à Indra, 101-104 (ou 5 avec 100; 104 paraît avoir un vers de trop); 3 hymnes aux Viçve devās, 105-107; 2 hymnes à Indra et Agni, 108-109, dont le premier a 13 vers (la division du premier en deux, proposée par Grassmann, paraît justifiée par le refrain commun aux vers 7-12; mais elle ne s'accorde pas avec la place qu'il occupe, et les deux fragments devaient être réunis déjà à l'époque du classement); 2 hymnes aux Ṛibhus, 110-111, dont le premier a 9 vers; enfin 4 hymnes isolés, 112-115, régulièrement rangés.

Celle de Gotama, 74-93, comprend 26 hymnes, si on décompose en hymnes distincts, comme nous l'avons fait toujours dans les maṇḍalas II-VII, les sūktas trop longs, divisibles en tṛicas, qui se rencontrent à la fin des séries. La présence de ces sūktas est une analogie de plus avec la plupart des maṇḍalas II-

VII. D'autre part la collection de Gotama n'est pas coupée, comme celle de Kutsa, par des hymnes rapportés à une autre origine. Bref, et malgré la grande ressemblance des deux collections, s'il fallait absolument désigner celle des deux qui est le plus complètement pareille aux maṇḍalas suivants, c'est peut-être sur celle de Gotama que nous serions tentés de fixer notre choix. Quoi qu'il en soit, voici sa composition :

9 à Agni, en 6 sūktas, 74-79, dont le dernier a déjà été divisé par Grassmann en 4 hymnes distincts.

8 à Indra, en 5 sūktas, 80-84, dont le dernier ne peut former que 4 hymnes au plus (voir p. 18).

3 hymnes aux Maruts, 85-87, dont le premier a 12 vers (l'hymne non homogène 88 doit être rejeté, comme le veut Grassmann).

3 hymnes aux Viçve devās, dont le premier a 10 vers au plus, en deux sūktas, 89-90, dont le second est divisé en deux par Grassmann, pour des raisons métriques.

Une série d'hymnes isolés, au nombre de 3, 91-93, régulièrement rangés, quoique d'une composition peu homogène.

Après avoir constaté les principes, parfaitement manifestes, qui règlent l'ordre des hymnes dans chacune des collections du maṇḍala I, excepté dans une ou deux, cherchons si ces collections se succèdent dans un ordre numérique quelconque. Un examen analogue à celui que nous avons fait porter sur les maṇḍalas VIII et X nous donne une réponse négative. Voici le nombre des hymnes de chaque collection, tel que nous l'avons arrêté plus haut.

Madhuchandas (1-11). De 11 à 30 hymnes, ou deux collections, l'une de 10, l'autre de 20 hymnes ?

Medhātithi Kāṇva (12-23). 22 hymnes.
Çunaḥçepa Ājīgarti (24-30). Collection informe.
Hiraṇyastūpa Āṅgirasa (31-35). 5 hymnes.
Kaṇva Ghaura (36-43). 38 hymnes.
Praskaṇva Kāṇva (44-50). 31 ou 33 hymnes.
Savya Āṅgirasa (51-57). 7 hymnes.
Nodhas Gautama (58-64). 7 hymnes.
Parāçara Çāktya (65-73). 9 hymnes.
Gotama Rāhūgaṇa (74-93). 26 hymnes.
Kutsa (94-115, sauf 99 et 100?). 20 ou 22 hymnes.
Kakshīvat Dairghatamasa (116-126). 10 ou 12 hymnes.
Parucchepa Daivodāsi (127-139). 13 hymnes.
Dīrghatamas Aucathya (140-164). 22 hymnes.
Agastya (165-191). 25 ou 26 hymnes.

On n'aperçoit qu'une seule succession à laquelle il semble possible d'attacher quelque importance : c'est la gradation ascendante des quatre dernières collections. Nous examinerons plus loin s'il convient de s'y arrêter.

III. L'ORDRE DES MAṆḌALAS ET LA SAṂHITĀ PRIMITIVE.

Le principe nouveau du nombre des hymnes trouve encore une confirmation dans le fait, non moins intéressant, qu'il régit l'ordre des grandes collections constituant les maṇḍalas II-VII, aussi bien que l'ordre des séries à l'intérieur de chaque collection, avec cette seule différence que la gradation, au lieu d'être descendante, est ascendante. Ces maṇḍalas sont rangés d'après le nombre croissant des hymnes qu'ils renferment. C'est ce qu'on vérifiera immédiatement en comptant, non pas le nombre des hymnes actuellement donnés comme tels, mais celui qu'on obtient par les analyses dont il a été question (défalcation faite des hymnes ajoutés après coup). Ces analyses ayant déjà été faites plus haut pour toutes les séries autres que celles des hymnes à Agni et à Indra, il nous suffira d'y ajouter celles que réclament ces dernières, en les empruntant presque toujours à Grassmann.

Maṇḍala II. De 35 à 37 hymnes.

Hymnes à Agni : 8 hymnes, 1-8 (je rejette 9 et 10 comme violant le principe de succession métrique, p. 17). 12 hymnes à Indra, 11-22. Hymnes suivants (d'après les observations faites dans la seconde partie du mémoire) : de 15 à 17 hymnes.

Maṇḍala III. De 66 à 69 hymnes.

Hymnes à Agni : de 21 à 23 hymnes, 1-11, 13-15 et 17-25 (Grassmann rejette 7 sans raison extrinsèque ; 21 est suspect à cause de sa composition peu homogène ; je rejette 12, à *Indra et Agni*, à la fin d'un anuvāka, et 16 pour les raisons indiquées p. 16) ; 8 hymnes de 3 vers en deux sūktas, 26-27. Les hymnes 28 et 29 doivent être rejetés. Total : de 29 à 31. Hymnes à Indra : 19 ou 20 hymnes, 30-37 et 39-50 (Grassmann rejette un peu arbitrairement 31, et justement, en tout cas, 38, qui n'est pas un hymne à Indra, et qui termine un anuvāka) ; 4 hymnes de 3 vers en un sūkta, 51. Les hymnes 52 et 53 doivent être rejetés. Total : 23 ou 24. Hymnes suivants, 14.

Maṇḍala IV. 79 hymnes.

Hymnes à Agni : 13 hymnes, 1-9 et 11-14 (l'hymne 5 est arbitrairement rejeté par Grassmann; je rejette 10 pour tout un ensemble de raisons indiquées p. 14); 2 hymnes de 3 vers en un sūkta, 15 (avec une addition postérieure de quatre vers); total 15. Hymnes à Indra : 14 hymnes, 16-29. Ensuite viennent trois sūktas à Indra, 30-32, dont les deux derniers sont divisés assez arbitrairement par Grassmann, partie en hymnes, partie seulement en strophes. Nous ne ferons que suivre la méthode appliquée dans tout notre travail en comptant ces deux sūktas pour 13 hymnes de 3 vers. Enfin, d'après toutes les analogies, l'hymne de vingt-quatre gāyatrīs, placé devant ces hymnes de 3 vers, après les hymnes de 5 vers, doit compter pareillement pour 8 hymnes de 3 vers (les tr̥cas se distinguent nettement en plus d'un endroit, par exemple 4-6), sous les réserves que nous avons faites dès le début[1]. Total des hymnes à Indra, 35. Hymnes suivants, 29.

Maṇḍala V. 86 ou 87 hymnes.

Hymnes à Agni : 23 ou 24 hymnes, 1-24 (Grassmann rejette 19); 6 hymnes de 3 vers en deux sūktas, 25 et 26. Les hymnes 27 et 28 sont des additions (pour 27, voir p. 17). Total : 29 ou 30 hymnes. Hymnes à Indra : 11 hymnes, 29-39; 1 hymne de

[1] P. 6 et note 5. Les observations de M. Oldenberg portent précisément sur cet hymne.

3 vers, en tête du sūkta 40, composé pour le reste d'additions postérieures (p. 17). Total : 12 hymnes. Hymnes suivants, 45.

Maṇḍala VI. De 114 à 117 hymnes.

Hymnes à Agni : 14 hymnes, 1-14; 20 hymnes de 3 vers en deux sūktas, 15-16 (chacun avec une queue). Total : 34 hymnes. Hymnes à Indra : 27 hymnes, 17-43; 12 hymnes de 3 vers en deux sūktas, 44 et 45, à la fin de chacun desquels il faut supprimer une queue composée seulement de 3 vers dans le second (Grassmann en rejette 6), mais comprenant dans le premier tout ce qui suit les deux premiers tricas en anushṭubh (voir p. 14); 7 hymnes de 2 vers à former, d'après toutes les analogies, du sūkta 46. L'hymne 47 a été ajouté après coup. Total : 46. Hymnes suivants, de 34 à 37.

Maṇḍala VII. 134 hymnes au moins.

Hymnes à Agni : 14 hymnes, 1-14; 5 hymnes de 3 vers et 6 de 2 vers en deux sūktas, 15-16. L'hymne 17 paraît ajouté après coup. Total 25. Hymnes à Indra : 13 hymnes, 18-30; 3 hymnes de 3 vers, et 13 hymnes de 2 vers, en deux sūktas, 31-32 (le dernier trica de 31 doit être rejeté comme violant le principe de succession métrique). Total 29 hymnes. Hymnes suivants, probablement plus de 80.

La démonstration semble faite pour les maṇḍalas II-VII[1]. Les autres maṇḍalas sont composés d'hymnes

[1] Notons en passant que la gradation ascendante reste sauvegardée

attribués à divers auteurs. Seul, le VIIIe contient encore des hymnes attribués, au moins en majorité, aux membres d'une même famille, celle des Kaṇvas. Mais il ne présente aucune unité. Nous y avons reconnu un assez grand nombre de collections distinctes, réunies en un ou plusieurs sūktas. De même, le maṇḍala X renferme un nombre plus grand encore de collections et d'hymnes isolés. Enfin le maṇḍala I est composé de quinze collections d'inégale longueur. La paternité des hymnes ne joue, comme on sait, aucun rôle dans le classement du IXe maṇḍala.

Nous avons vu que les collections et les hymnes isolés du Xe maṇḍala sont rangés, au moins pour la plupart, dans un ordre aisément reconnaissable.

dans la division postérieure, quoique assez ancienne encore, en anuvākas. Le nombre de ces chapitres, pour les maṇḍalas II-VII, est respectivement de 4, 5, 5, 6, 6, 6 (la collection de Gotama, dont il sera question plus loin, en a 2, comme celle de Kutsa d'ailleurs). L'Atharva-Veda, au delà des 7 premiers kāṇḍas, classés selon des principes numériques que nous avons rappelés en commençant (p. 3), présente une succession non moins régulière d'anuvākas, mais en gradation descendante : de VIII à XII, 5; XIII, 4; de XIV à XVI, 2; XVII, 1. Une partie de cette succession, celle qui va de XIII à XVII, est déjà relevée dans un morceau appartenant à la Saṃhitā même de l'Atharva-Veda, à l'un de ses derniers kāṇḍas naturellement, XIX, 23 (cf. Weber, *Indische Studien*, IV, p. 433). On y voit cités les uns après les autres, au pluriel, les Rohita (XIII), au duel, les Sūryā, les Vrātya, les Prājāpatya, (XIV-XVI), au singulier enfin le Vishāsahi (XVII). Il peut sembler étonnant que le principe de la gradation descendante, appliqué dans le Ṛig-Veda à toutes les séries de moindre étendue, soit remplacé pour les maṇḍalas par la gradation ascendante. Mais ne voyons-nous pas les deux principes se succéder dans l'Atharva-Veda pour les deux séries, cependant tout à fait analogues, I-V et VI-VII?

Dans le maṇḍala VIII, l'ordre des collections allant de 49 à 64 nous a paru encore digne d'être pris en considération.

Faut-il attacher quelque importance à la gradation ascendante des 4 dernières collections du Ier maṇḍala? Est-ce le commencement d'une série qui se poursuit dans les maṇḍalas II-VII? Les maṇḍalas VIII-X sont évidemment, et de l'avis de tous, des suppléments à la grande collection comprenant les maṇḍalas II-VII; mais que faut-il penser du maṇḍala I?

Il est *impossible* qu'une saṃhitā aussi systématique que celle qui comprend les maṇḍalas II-VII, ait commencé originairement par le maṇḍala I tout entier, sous sa forme actuelle. Les collections dont il se compose, à la vérité toutes inférieures pour le nombre des hymnes au maṇḍala II, auraient dû y être rangées toutes dans l'ordre numérique ascendant comme les maṇḍalas suivants. Or il n'y aurait trace d'un ordre pareil dans le Ier maṇḍala que pour les dernières collections dont aucune, précisément, n'est exactement comparable aux maṇḍalas II-VII. Un bon nombre des collections qu'il comprend sont d'ailleurs intérieurement classées d'après des principes en partie différents de ceux qui ont réglé le classement des mêmes maṇḍalas. Il n'y a que deux collections d'une étendue raisonnable qui leur soient réellement assimilables de tout point, celle de Gotama et celle de Kutsa. Or elles ne font pas partie de la gradation finale, et elles ne se succèdent pas l'une à l'autre dans l'ordre attendu.

Je ne vois donc que *deux hypothèses possibles :* ou bien le maṇḍala I a été ajouté tout entier après coup ; ou bien il se composait primitivement d'une seule collection, qui est devenue le noyau autour duquel se sont groupées successivement les autres.

Dans la seconde hypothèse, la collection primitive unique n'aurait pu être, pour les raisons précédemment déduites (p. 69), que celle de Gotama ou celle de Kutsa, et j'ai déjà indiqué (p. 70) la possibilité d'une préférence pour celle de Gotama.

Le nom seul de Gotama peut sembler un argument en faveur de ce choix. Il figure dans les plus anciennes énumérations des *sept* ṛishis, par exemple, dans celle que donne l'Anukramaṇī même du Ṛig-Veda pour les hymnes IX, 67 et X, 137, avec Viçvāmitra, Atri, Bharadvāja, Vasishṭha, dont les noms sont restés attachés aux maṇḍalas III, V, VI et VII. La même énumération se trouve déjà, quoique dans un autre ordre, dans le Çatapatha-Brāhmaṇa, XIV, 5, 2, 6.

Mais ces mentions de Gotama pourraient se rapporter tout aussi bien au maṇḍala IV, attribué à Vāmadeva, fils de Gotama, et, comme entre Jamadagni et Gṛitsamada, le ṛishi auquel est attribué le maṇḍala II, il y a au moins ce rapport qu'ils appartiennent l'un et l'autre à la famille de Bhṛigu, il resterait pour le maṇḍala I Kaçyapa, dont l'hymne composé d'un seul vers (99) est justement inséré dans la collection de Kutsa.

Quoi qu'il en soit, le nombre de sept ṛishis, dont

l'origine doit être purement mythique, a très bien pu servir de base à la première classification des hymnes védiques. La valeur sacrée de ce nombre est elle-même un argument en faveur de l'hypothèse qui assignerait à la Saṃhitā primitive du Ṛig-Veda le chiffre de sept maṇḍalas.

Le groupement des autres collections composant aujourd'hui le Ier maṇḍala avant et après celle de Gotama ou celle de Kutsa[1], serait analogue à celui des collections qui précèdent et qui suivent, dans le maṇḍala VIII, la série qui va du sūkta 49 au sūkta 64, si la régularité de cette série est voulue, comme nous l'avons admis provisoirement. Les sūktas 49-64 formeraient pareillement le noyau du VIIIe maṇḍala, c'est-à-dire le premier supplément ajouté à la Saṃhitā primitive[2].

[1] Nous ne mentionnons que pour mémoire l'ingénieuse, mais très aventureuse hypothèse de M. Pincott (*Journal of the Royal Asiatic Society*, nouvelle série, XVI, p. 381) sur la formation du Ier maṇḍala et ses vues sur l'ensemble du Ṛig-Veda. Relevons seulement après lui (p. 398) le parallélisme très curieux des quatre premières collections du maṇḍala I et des quatre premiers hymnes du maṇḍala IX, attribués également, et dans le même ordre, à Madhuchandas, à Medhātithi, à Çunaḥçepa et à Hiraṇyastūpa. Il est difficile de croire à une coïncidence purement fortuite; mais il l'est plus encore d'admettre une préséance de ces ṛishis fondée sur leur « sainteté » particulière. Nous savons parfaitement pourquoi leurs quatre hymnes sont les premiers du maṇḍala IX : c'est donc à la place qu'ils occupent, en vertu du principe numérique, en tête de ce maṇḍala, que les collections attribuées aux mêmes ṛishis devraient le rang qui leur a été assigné dans le maṇḍala I, à une époque qui ne pourrait être antérieure à la formation du maṇḍala IX.

[2] L'ordre doit être supposé à priori. On ne comprendrait pas que le maṇḍala VIII, qui, d'après son rang, doit avoir été ajouté à la

Rappelons en terminant qu'un bon nombre des collections composant le maṇḍala I sont classées d'après des principes qui rappellent justement ceux des maṇḍalas VIII et IX. Quelques autres, il est vrai, présentent, tout comme celles de Gotama et de Kutsa, un ordre conforme à celui des maṇḍalas II-VII. Mais le même ordre s'observe aussi, au moins une fois[1], dans le maṇḍala X, qui ne peut être autre chose qu'un supplément, et rien n'empêche, en effet, que les principes de classement de la Saṃhitā primitive n'aient été employés quelquefois encore à une époque postérieure. Ce qui semble impossible, je répète le mot, c'est que des principes différents aient été appliqués à la même époque, ou plutôt au même moment : car ce que j'appelle la Saṃhitā primitive paraît bien avoir été formé d'un seul coup.

NOTE ADDITIONNELLE.

Depuis l'impression dans le *Journal asiatique*[2] du mémoire sur *La Saṃhitā primitive du Ṛig-Veda*, l'auteur a continué ses recherches sur le même sujet. Il

Saṃhitā au moins aussi anciennement que les maṇḍalas IX et X, eût été en son entier, et dès le début, un ramassis de collections sans principe d'ordre numérique. Toute la question est de savoir s'il garde, sous sa forme actuelle, des traces du premier classement. Faut-il dire expressément, pour épuiser, ou à peu près, les hypothèses possibles, que l'ordre des hymnes n'a pas plus de rapport dans le maṇḍala VIII que dans les neuf autres avec l'ordre du rituel védique? (Voir maintenant la *Note additionnelle*, ci-après).

[1] Pour la collection 20-26, voir p. 45.

[2] *Journal asiatique*, cahier de septembre-octobre 1886.

en exposera les résultats nouveaux dans l'un des prochains cahiers. En même temps qu'il cherchera à distinguer, par l'étude de la double division en adhyāyas et en anuvākas, différentes couches d'interpolations, il fera quelques additions et corrections au premier mémoire. La seule rectification considérable portera sur le maṇḍala VIII, et ne pourra d'ailleurs consister que dans une hypothèse plus vraisemblable sur le classement si obscur de cette partie de la *Saṃhitā.* De ce qu'il en a dit dans le précédent mémoire, il retire dès aujourd'hui ce qui ne porte pas exclusivement sur l'ordre intérieur des petites collections, c'est-à-dire l'hypothèse relative à la succession des suktas 49-64 (p. 48 et 49). Les additions feront ressortir la régularité de la collection de Çunaḥçepa dans le maṇḍala I, lèveront, au moins en partie, la difficulté signalée à propos de la série aux Maruts du mandala VII, complèteront l'analyse de la première partie du maṇḍala X, qui trahira de plus en plus un classement parfaitement régulier, enfin mettront, il l'espère, au-dessus de toute contestation le principe de l'ordre des séries, qui est bien le nombre des hymnes, et non, comme on aurait pu le supposer peut-être, le nombre total des vers.

www.ingramcontent.com/pod-product-compliance
Lightning Source LLC
Chambersburg PA
CBHW060453260626
47161CB00005B/2078